LES MILLE ET UN
ROMANS, NOUVELLES ET FEUILLETONS.

ROMANS français, anglais, espagnols, italiens, allemands,

ROMANS américains chinois, arabes, Russes, danois,

BERTHOLD

LE BON CLERC

TRADITIONS DAUPHINOISES

PAR

JULES LA BEAUME.

PRIX : 1 FR.
matière d'un volume in-8°.

PARIS,
BOULÉ ET Cie, ÉDITEURS,
RUE COQ-HÉRON, 5.

1842.

BERTHOLD LE BON CLERC,

TRADITIONS DAUPHINOISES.

Par **JULES LA BEAUME.**

Prix : un franc.
BOULÉ ET Cie, ÉDITEURS, RUE COQ-HÉRON, 3.

PREMIÈRE ÉPOQUE.

XIVe SIÈCLE.

I.

Les fiançailles.

« De par notre seigneur, très illustre et très puissant prince, Humbert,
» dauphin de Viennois, duc de Champsaur, prince de Briançon, marquis
» de Césane, palatin du Graisivaudan, comte de Vienne et d'Albon, capi-
» taine-général du Saint-Siége, et général en chef de l'armée chétienne
» contre les Turcs : Nous, le sire de Briord, bailli du Graisivaudan, et
» châtelain de cette ville capitale de Grenoble, voulons qu'il soit notoire
» à tous et à chacun de vous, nobles, bourgeois et bonnes gens, que ledit
» seigneur Humbert ordonne que des réjouissances aient lieu demain et
» le jour ensuivant dans toutes les terres de son obéissance, à l'occasion
» de ses fiançailles avec noble et gracieuse princesse Jeanne de Bourbon,
» cousine de son altesse Philippe, roi de France... »

Le hérault d'armes qui, le matin du 15 décembre 1349, faisait, en grand appareil, ce cri public dans le coin le moins sale de la populeuse rue du Bœuf, fut interrompu à cet endroit par un éclat de rire strident.

— Arrêtez ce malôtru ! s'écria-t-it en indiquant à l'un de ses archers un jeune homme aussi remarquable par la beauté de ses formes et l'expression spirituelle de sa physionomie que par son costume exactement copié sur celui alors à la mode à la cour de Philippe de Valois. L'adoption de ce costume n'était point un fait insignifiant à une époque où les Dauphinois étaient partagés en deux partis, l'un, celui des nobles et du haut clergé, redoutant tout ce qui venait de France, l'autre, celui des bourgeois, cherchant, au contraire, à se rattacher à la France et à sortir de l'état d'isolement qui faisait la force d'une orgueilleuse et exigeante aristocratie. Laisser croître sa barbe, porter sous le manteau un justaucorps et des chausses serrées au lieu de la longue et large robe et des brayes bourguignonnes était donc un véritable acte d'opposition qui, indépendamment de toute autre circonstance, aurait déjà suffi pour choquer le hérault d'armes.

— Gauthier, arrêtez donc cet homme! répéta-t-il en voyant celui qu'il désignait se perdre dans la foule qui s'ouvrait respectueusement devant lui et se dispersait même en si grande hâte qu'il ne resta bientôt plus personne pour entendre la fin de la proclamation.

Cette foule, au surplus, composée d'artisans, sympathisait peu avec les sentimens d'orgueil et de satisfaction qui animaient les gens du dauphin. Son attitude dénotait un sourd mécontentement dont la crainte seule empêchait l'explosion.

Les historiens se plaisent à représenter le règne d'Humbert II sous les couleurs les plus brillantes. Ils parlent avec admiration de la création d'une université à Grenoble, de l'établissement d'un conseil auquel on pouvait appeler des sentences prononcées par les tribunaux particuliers des seigneurs, et de l'éclat dont ce prince était environné. Ils oublient que pour attirer des écoliers dans cette université, pâle reflet de celles existant déjà en France, Humbert n'hésita pas à lui accorder des priviléges en opposition avec les intérêts les plus pressans de la population, éteignit, par exemple, les fourneaux des mines d'Allevart, afin de faire baisser le prix du bois de chauffage pour les quinze ou vingt futurs savans qui, à peine, répondirent à son invitation ; que le conseil delphinal, belle et grande pensée depuis long-temps réalisée en France sous le titre de parlement, ne put être définitivement constitué que beaucoup plus tard, et qu'en définitive, s'il était facile aux nombreux titulaires des emplois accumulés à la cour du dauphin d'applaudir à une royale libéralité, et plus facile encore aux nobles d'encourager des goûts chevaleresques, il n'en était pas de même des bourgeois qui payaient les frais de ces vertus princières, et à qui on n'accordait guère, en dédommagement de leurs incessans sacrifices, que le puéril divertissement de deux ou trois douzaines de fagots brûlés en feux de joie. Ecrasés d'impôts en dépit des franchises chèrement achetées par leurs pères un siècle auparavant, on avait déjà dans un court intervalle extorqué d'eux, en sus des taxes ordinaires, et chaque fois sous le prétexte d'un nouveau *cas impérial*, un droit pour le joyeux avènement d'Humbert ; un autre pour les frais du retour de ce prince qui se trouvait en Sicile lors de la mort de Guigues VIII, son prédécesseur ; un autre pour la naissance du dauphin André ; un autre pour les obsèques de cet enfant ; un quatrième pour la croisade ; un cinquième à l'occasion du décès de la dauphine, Marie des Baux, survenu pendant cette inutile et folle expédition ; et enfin depuis le veuvage d'Hmbert, on les avait illégalement forcés à financer deux fois pour célébrer des fiançailles qui, deux fois aussi, étaient restées sans résultat. De nouvelles fiançailles ne pouvaient donc leur présager qu'une augmentation de charges, et la misère était grande dans un pays, où pour comble de malheur, la peste sévissait depuis un an.

Un surcroît de dépense et leur pauvreté n'étaient pourtant pas leurs plus grands griefs en cette occasion.

Humbert, afin de subvenir à ses prodigalités, avait été contraint, dès 1344, et du vivant même de sa femme, de vendre sa succession au roi de France, pour le cas où il décéderait sans laisser d'héritier légitime.

Froissés d'abord dans leurs sentimens nationaux, ses sujets avaient fini cependant par se résigner à l'idée de passer un jour de la suzeraineté illusoire de l'empire d'Allemage, sous celle plus effective de la France; mais lorsque Humbert, resté veuf, jeune encore et sans enfant, se fut hâté de chercher une nouvelle épouse, afin d'éluder la clause de cession portée dans son traité, ils purent se convaincre, en voyant les mouvemens que se donnaient le clergé et la noblesse pour assurer le succès des négociations suivies auprès du duc de Bourbon, que l'intérêt des communes était dans l'adjonction du Dauphiné à la couronne de France, et les plus hardis s'étaient si bien employés à éventer ces intrigues matrimoniales, que Philippe de Valois, prévenu à temps, avait constamment pu les rendre inutiles.

L'irrévérencieux éclat de rire qui avait troublé la proclamation annonçant la réussite d'une troisième et désespérée tentative, n'avait donc irrité ni scandalisé aucun des assistans ; ils n'y avaient vu que l'expression, seulement imprudente, d'une protestation qui était dans leur pensée, à tous.

Le personnage qui s'en était rendu coupable jouissait, d'ailleurs, d'un immense crédit auprès de ceux que la politesse féodale qualifiait de *Bonnes Gens*. Fils adoptif et disciple de messire Guillaume du Mas, le chancelier et l'oracle du conseil delphinal, et devenu bientôt supérieur à son maître, ce jeune homme avait acquis un savoir si étendu et si varié, son esprit était si prompt, son caractère si indépendant, que les rudes chevaliers de la cour d'Humbert, et Humbert lui-même avaient pour lui cette pitié religieuse qui est le premier et involontaire hommage rendu à l'intelligence par la force brutale. Berthold était pour eux comme un être d'une nature trop frêle. Ils l'appelaient indulgemment le *Bon Clerc*, et se contentaient de sourire quand il leur rappelait sans ménagemens des vérités offensantes pour eux, et leur prédisait la fin des mille et une tyrannies hiérarchiques que le pouvoir royal, bien moins dangereux pour le peuple, commençait à absorber en France. Messire Guillaume du Mas s'était empressé de profiter de cette disposition en faveur de son mystérieux protégé pour se faire octroyer sur lui une autorité illimitée et sans contrôle. Quoi que fît le bon clerc, il n'avait d'autre juge que le chancelier qui, seul, avait le droit de le réprimander, de le punir, et qui n'en abusait pas de crainte que trop de sévérité n'éveillât celle d'autrui, et ne compromît un secret qu'il avait intérêt à bien garder. Mais le menu peuple, mais les bourgeois qui trouvaient Berthold toujours prêt à accueillir leurs plaintes, et à s'en rendre l'organe, prenaient au sérieux la parole du bon clerc, en qui Dieu, suivant leur énergique expression, avait mis l'*Esprit des Communes* ; ils l'aimaient, ils le respectaient et lui étaient dévoués en toute occasion.

Il n'était pas jusqu'à l'obscurité répandue à dessein sur la naissance du bon clerc qui ne servît à lui concilier l'affection de ses cliens. Chacun d'eux, le voyant si beau, si bien disant et le cœur rempli de si ardentes et si nobles inspirations, se prenait de passion pour tout ce qu'aimait le pauvre enfant trouvé, ressentait comme lui les froideurs et les tendre retours de la coquette fille de messire du Mas, et désirait que la gentille Odette achevât l'œuvre de son père, et donnât pour toujours le bonheur au compagnon de son enfance.

Odette était bien la plus séduisante Damoiselle de tout le Dauphiné aussi comptait-elle autant d'envieuses qu'il existait de nobles dames à la petite cour d'Humbert ; elles avaient peine à pardonner tant de grâces unies à tant de modestie ; car Odette ne cherchait point à éclipser ses rivales. Associée aux travaux de son père et à ceux de Berthold, elle n'était pas moins savante dans l'art d'exprimer ses pensées qu'experte aux menus ouvrages de son sexe ; et cependant on ne la surprenait jamais à faire montre de ses talens. Elle laissait à son père le soin de la vanter ; et si parfois elle éprouvait un mouvement d'orgueil ce n'était que lorsque Berthold l'initiait à ses études secrètes, lui racontait le passé de leur pays, et, la voyant s'animer au récit des vieilles traditions des montagnes, lui disait :

— Odette, prends-y garde! tu en viendras à croire que Dieu n'a créé ni suzerains ni serfs, et l'on aura ici pitié de toi tout comme de moi.

Il ne manquait à ces deux jeunes gens, pour leur faire présenter le divin spectacle de deux intelligences confondues en une seule volonté, et appliquant leurs forces à atteindre le même but, que d'avouer leur amour réciproque aussi hautement qu'ils en étaient profondément pénétrés.

Malheureusement, les faiblesses humaines devaient se retrouver là comme partout ailleurs : Odette, l'amie, la confidente de Berthold, le quasi révolté, Odette se plaisait à ne paraître auprès d'Humbert, au milieu de cette cour où la laissait se produire l'imprudente vanité paternelle, qu'une légère et frivole jeune fille de seize ans, toute fière et toute heureuse de fixer l'attention de son galant souverain. Berthold se plaignait-il, elle lui répondait de ce ton dégagé, si mordant de la part de la femme qu'on aime ;

— La nonne avec qui tu converses toutes les nuits est donc bien maussade? tu grondes toujours.

— Ne parle jamais de cela! s'était une fois écrié Bertold dont les yeux flamboyaient; cette nonne, vois-tu... cette nonne m'a conté d'étranges choses! Je te les confierai, Odette, je te les confierai... plus tard... et tu décideras alors entre l'amour d'un grand seigneur et le mien!

Odette, interdite, n'avait osé répliquer; mais cette espèce de menace qui blessait son amour-propre resta profondément gravée dans sa mémoire.

Messire du Mas était, au dire de certaines gens, trop complétement absorbé par les devoirs de ses hautes fonctions pour s'apercevoir de l'amour de Berthold, non plus que de celui d'Humbert. D'autres, appréciant la profonde politique que le chancelier avait déployée pour faire oublier ses anciennes et intimes relations avec une famille maintenant proscrite, le taxaient, au contraire, d'outrecuidante ambition, l'accusaient d'aspirer, lui simple chevalier-ès-lois, à se donner pour gendre un prince souverain. Il y en avait enfin qui débitaient tout bas de merveilleuses histoires sur ce Berthold, trouvé jadis exposé dans un riche berceau à la porte du chancelier, sur ce Berthold, si hardi, si dédaigneux avec les seigneurs, qu'on dirait un fils de roi à la veille de dépouiller un incognito volontaire. Messire du Mas, à en croire ces discoureurs, savait bien ce qu'il faisait en laissant sa discrète et sage fille entre le présomptueux Humbert et le jaloux Berthold : décourager le premier, aurait été, selon eux, compromettre inutilement le second ; mais son choix était dès long-temps arrêté entre ces deux concurrens, celui-ci d'un âge mûr, celui-là moins jeune qu'Odette de deux ans seulement ; l'un vaniteux dissipateur, empruntant à tous les Lombards, banquiers et juifs de son Dauphiné, mettant en gage ses robes de l'an passé pour payer celles qu'il portait, et vendant pièce à pièce ses droits utiles et ses terres pour entretenir toute une armée d'inutiles servans; l'autre mystérieux héritier d quelque mystérieux empire, préférable, à coup sûr, à la souveraineté, désormais nominative, d'une province épuisée d'hommes et d'argent.

Tels étaient les propos auxquels le silence de messire du Mas faisait chaque jour ajouter plus de confiance. Ce silence n'avait cependant rien d'affecté. Messire du Mas avait une trop longue expérience de ses compatriotes pour s'inquiéter plus que de raison de l'aliment choisi par leur active curiosité. Ambitieux, sans contredit, mais non pas téméraire, il n'avait jamais pensé à devenir le beau-père d'Humbert. Quant à Berthold, il l'aimait, il le traitait avec une déférence singulière : mais il est douteux qu'il eût osé affronter une disgrace certaine si l'origine de ce jeune homme avait pu être devinée au travers du voile épais dont il s'efforçait de la couvrir. Personnage éminemment officiel, il était même parvenu à se faire une si complète illusion sur un passé qu'il s'était imposé la loi d'oublier, que parfois il se surprenait à ignorer le nom de la mère de Berthold, et qu'il se conduisait avec Humbert comme si Humbert avait toujours été d'une justice et d'une rigidité de mœurs exemplaires.

Il était donc dans une sécurité parfaite sur tous ces points, et ne songeait à rien moins qu'à la possibilité des amours de Berthold, d'Humbert et d'Odette, lorsqu'à l'entrée de l'obscur passage qui communiquait de la rue Chenoise à sa maison, adossée à la tour Notre-Dame, il se heurta contre le bon clerc, toujours poursuivi par l'archer du hérault d'armes.

— Par saint Georges ! s'écria-t-il, regarde donc devant toi, mauvais garçon, tu as failli me renverser.

— Pardon, messire ; laissez-moi passer.

— Non ; je suis bien aise de te parler en particulier. Monseigneur le protonotaire Amblard de Beaumont s'est encore plaint de toi au dauphin.

— Vous me conterez cela plus tard, messire ; laissez-moi passer ; je ne serai en sûreté que chez vous. On me suit.

— Que signifie cela ? Encore des conciliabules, encore des complots, je le parie !

— En grâces !...

— Penses-tu donc, défenseur de toutes les mauvaises causes, que je consentirai éternellement à te couvrir de ma responsabilité ? répliqua le vieillard en s'obstinant à lui barrer le chemin, et en montrant le plus de colère qu'il lui était possible.

— Par tous les saints du Paradis, messire, je vous dis qu'on me suit !...

— Qu'as-tu fait ? Je veux le savoir.

— Cet archer va donc vous l'apprendre, dit paisiblement le jeune homme en sentant une main de fer se poser sur son épaule.

— L'insolent a osé rire tout haut et troubler le cri public que fait M. le hérault d'armes à l'occasion des fiançailles de monseigneur Humbert.

— Un cri public ?... des fiançailles ? dit le vieillard étonné.

— Oui, des fiançailles de monseigneur le dauphin avec madame la princesse de Bourbon.

— Laissez ce jeune homme, monsieur l'archer, je me porte sa caution, reprit messire du Mas en souriant. Son crime est moins grand que je ne le craignais, ajouta-t-il plus bas. Qu'importe à monseigneur l'opinion du bon clerc, pourvu qu'enfin il se marie.

— Je n'accepte point votre caution ; je ne vous connais pas.

— Vous n'êtes donc pas de cette ville, repartit messire du Mas en se redressant, que vous ne connaissez pas le chancelier du conseil delphinal ? Laissez ce jeune homme, continua-t-il d'un ton magistral, il a obtenu lettres-patentes qui l'ont affranchi de toute autre juridiction que de la mienne, et je ne trouve pas qu'il ait mérité la prison.

— Je ne suis ici pour discuter avec vous, messire, répliqua l'archer ;

or, sus, marchons, ajouta-t-il en tirant à lui son prisonnier, qui se pencha à l'oreille du chancelier et lui dit tout bas :

— Allez dire à Odette qu'à présent que l'on crie par la ville son abandon et son veuvage, elle fera bien de ne pas tant dédaigner Berthold, le bon clerc, comme vous m'appelez. Au revoir ! Et se débarrassant de la main du vieillard, il suivit docilement son guide, qui se dirigea en maugréant de froid et de fatigue vers les prisons du palais delphinal.

II.

La damoiselle Odette.

Les dernières paroles de Berthold frappèrent douloureusement messire du Mas, et furent pour lui comme un trait de lumière qui lui fit entrevoir sous des couleurs toutes différentes sa position et celle de sa fille. Il avait d'abord été sensible au manque d'attention du dauphin qui, ne l'ayant point tenu au courant des négociations reprises auprès du duc de Bourbon, lui avait laissé ignorer la proclamation à laquelle Berthold venait de faire allusion ; mais ce point ne touchait qu'à son amour-propre d'homme public et était bien peu de chose pour lui en comparaison de l'avis terrible que venait de lui donner le bon clerc. Odette, l'unique enfant, l'enfant chéri d'un vieux et fidèle serviteur serait-elle, en effet, la victime d'une infâme séduction ? Berthold, et à ce nom les souvenirs revinrent en foule à messire du Mas, Berthold aurait-il été destiné par la Providence à réparer une nouvelle félonie d'Humbert ? A cette pensée un nuage passa sur le front du chancelier :

— Berthold, un... un enfant trouvé ! se hâta-t-il de dire de peur de manquer de discrétion avec soi-même.

Mais ce qui lui avait suggéré cette exclamation était un sentiment trop vrai, trop profond pour que l'impression n'en fût pas durable. Homme du peuple, annobli à cause de son savoir, messire du Mas était ambitieux pour sa fille, n'ayant plus rien à désirer pour lui-même ; or, Berthold ne lui semblait pas capable de réaliser les rêves de sa tendresse paternelle.

— Ah, monseigneur ! monseigneur ! s'écria-t-il d'une voix tremblante d'indignation, malheur à vous si Berthold a dit vrai, si vous avez fait d'Odette comme de défunte Alix ! je ne suis pas un Bardonnanche ; je ne pourrai vous demander raison du haut de mes remparts ; il n'est pas de prince qui daignera ressentir mon injure ; mais il y a dans votre Dauphiné force bourgeois, force pères de famille ; je vous rendrai mes titres, je redeviendrai bourgeois comme eux, ma cause sera la leur et ils ne me feront pas défaut ! Mais vous avez en Allemagne un suzerain à qui je rappellerai ses droits que vous violez en cédant sa terre sans son consentement ! mais je servirai, j'avertirai Philippe de France, et, appuyé de tous ces intérêts personnels, je vous serai plus redoutable qu'à la tête de milliers d'hommes d'armes. Ah, monseigneur ! malheur à vous et malheur à Odette si Berthold a dit vrai ! répéta-t-il en retournant sur ses pas afin de rentrer chez lui.

Soudain il s'arrêta :

— A quoi pensez-vous, messire, se dit-il paisiblement ; vous, de la colère ? vous, de la passion ? raisonnez et ne vous emportez pas.

Rasséréné par ce précepte stoïque, il serra contre son visage crispé par la bise glaciale de décembre les bords de son chaperon noir, s'enveloppa dans son manteau fourré et se mit à marcher par la ville, sans autre but que d'allonger son chemin et de réfléchir avant que de rentrer chez lui et d'interroger Odette.

Les bourgeois et les ouvriers qui, de leurs logis, le voyaient allant ainsi à pas comptés et l'air préoccupé, faisaient chacun ses conjectures : — Les affaires vont mal, messire du Mas est soucieux. — Il y a brouille entre monseigneur de Chissé, notre évêque, et monseigneur le dauphin, messire du Mas prend par le plus long chemin pour se rendre au conseil. — On parle d'une sorcière à juger, le chancelier est tout triste : il est peut-être de ses amis. Monseigneur Humbert n'a pas de quoi acheter les fagots pour le feu de joie de demain, voilà son ami le chancelier qui va sonder l'escarcelle de la vieille Girarde, l'usurière.

Une sorcière à brûler n'inquiétait pas plus messire du Mas que les embarras financiers d'Humbert, et il avait coutume de dire, à propos des querelles entre l'évêque et le dauphin, que les montagnes se menacent et ne se frappent point. Ce n'était qu'à lui qu'il pensait ; ce n'était que ses propres intérêts qu'il discutait dans le moment.

— L'affaire est à examiner de près et avec grande prudence, se dit-il après avoir attentivement pesé le pour et le contre, ce qui serait ruine pour tout autre peut se changer en fortune pour moi. Quand monseigneur a séduit la demoiselle Alix il était bien jeune; et puis, je soupçonne fort qu'il y eut là dessous quelque peu de vilaine vengeance de la part du comte Amblard de Beaumont ; la demoiselle Alix n'était, d'ailleurs, ni si belle, ni si habile qu'Odette. Le sire de Bardonnanche n'a pas su, non plus, agir sagement : il s'est courroucé, comme moi, mais il n'a pas pu, comme moi, s'apaiser à propos.... Par saint Georges ! si l'imprudence d'Odette n'a pas été si grande que l'a méchamment donné à entendre Berthold, et si monseigneur Humbert est vraiment épris.... pourquoi ma gentille Odette ne serait-elle pas dauphine?... Cela ferait jaser, sans doute, ces orgueilleux bourgeois qui ne me rendent pas toujours tout le respect qui m'est dû ; mais l'empereur d'Allemagne serait enchanté de conserver intacts, de cette façon, ses droits sur nos comtés, nos baronnies, nos duchés ; et si, par aventure, Phillippe de France se fâchait, je saurais trouver de bonnes raisons pour lui imposer silence. C'est donc une affaire à examiner et à mener à bonne fin, s'il plaît à Dieu.

Pendant ce temps, Odette recevait un page porteur d'un double message de la part du dauphin.

— Vous n'êtes donc pas arrivé par la rue Chenoise, sire page, que vous n'avez pas rencontré mon père?

— Non, damoiselle, mais par le guichet de la tour Notre-Dame, répondit l'apprenti chevalier en souriant de la distraction de son interlocutrice, qui ne l'écoutait déjà plus.

Odette semblait, ce jour-là, s'être tout exprès parée plus que de coutume. Ses cheveux châtain doré s'étalaient en une épaisse natte sur son cou entouré d'un mince ruban noir auquel pendait une croix en rubis. Deux barbes attachées au bord d'un long bonnet conique, en toile d'argent, dessinaient un angle gracieux au sommet de son front. Sa robe de fin drap de Bruxelles, couleur d'émeraude, collante du corsage et des manches, se relevait sur le côté de manière à laisser apercevoir une tunique de soie rayée de blanc, de rose et de lilas. Un étroit fichu de linon à mille plis et des brodequins en velours brun complétaient ce riche costume de bourgeoise, que rendait encore plus pittoresque la piquante phisionomie de celle qui le portait.

Le page, émerveillé de tant d'élégance, se prit à avoir honte d'être enfoui d'une façon si désavantageuse sous son manteau de drap roux, agrafé par devant dans toute sa longueur. Il se mit donc à défaire doucement chacune de ces agrafes, excepté la dernière, et, rejetant coquettement en arrière les pans du sombre vêtement d'hiver, dont il montra ainsi la doublure en soie blanche, il se redressa, fier de ses bottines en maroquin jaune, de ses braies de même couleur, de son espèce de casaque à tonnelet, de sa toque surmontée d'une plume blanche, et, une main cavalièrement posée sur la poignée de fer de sa courte et large épée, il attendit impatiemment que la belle jeune fille levât de nouveau les yeux sur lui.

Ces frais, du reste, étaient en pure perte ; peu importait à Odette que le sire page fût beau ou laid, simple ou brillant ; elle avait de plus graves sujets de pensées.

— M. le duc de Bourbon est-il à Romans, auprès de monseigneur le dauphin? demanda-t-elle avec le ton d'une parfaite indifférence.

— Non, damoiselle, répondit le page, on l'attend. Mais, ajouta-t-il d'un air malicieux, son altesse le roi de France se promène dans les environs...

— Et arrêtera encore au passage, acheva Odette. Et la princesse Jeanne, reprit-elle, est-elle belle ? qu'en dit-on ?

— Je n'ai vu que son image, et, foi de Landry, quand même les peintres ne seraient pas tous des flatteurs, je donnerais volontiers deux princesses Jeanne pour une damoiselle Odette.

La jeune fille rougit de plaisir, et demanda encore :

— On m'annonce que monseigneur sera ici sous quatre jours ; les noces se feront donc à Grenoble ?

— Monseigneur de Chissé prépare déjà son église cathédrale ; je sais de plus, que monseigneur Humbert tient à en finir, avant la cérémonie, avec une certaine femme, une damnée sorcière acharnée après lui depuis tantôt deux ans, et que le sire bailli du Graisivaudan est parvenu à livrer à la justice.

— Une sorcière ! s'écria Odette effrayée, et en faisant le signe de la croix, que Dieu nous protége ! Elle va peut-être nous ramener la peste!

— Non, damoiselle, la maudite n'a si funeste puissance ; elle borne ses maléfices à pronostiquer l'avenir, et, si vous désiriez connaître le vôtre, vous n'auriez qu'à vous adresser à elle.

— Qu'a-t-elle prédit à monseigneur? interrompit vivement la jeune fille.

— Elle lui a prédit, répliqua le malin page, en baissant la voix et en se penchant vers Odette, elle lui a prédit qu'il n'épouserait point Madame de Bourbon....

— Vrai !

— Et qu'avant la fin de l'année 1349...

— Silence ! silence! voilà mon père, dit Odette troublée, en enfonçant précipitamment dans son aumônière le billet qu'elle tenait encore à la main, et en courant vers la porte de la salle. Qu'avez-vous, mon père ? dit-elle, en remarquant la préoccupation du chancelier.

— Rien, lui répondit sèchement celui-ci, en l'écartant doucement pour prendre le parchemin que lui présentait le page. Comment se porte monseigneur, dit-il en dénouant le lacet engagé sous le sceau.

—Parfaitement, messire, grâces à Dieu et au bon succès de nos affaires.

— Oui... oui, nous assemblerons le conseil delphinal, disait tout bas messire du Mas en parcourant la volumineuse missive. Odette m'indiquera tout-à-l'heure quelle décision je devrai proposer relativement aux clauses étranges de ce fameux contrat de mariage... Monseigneur sera obéi, reprit-il à haute voix ; demain je lui porterai à Romans l'avis de son conseil, acheva-t-il en congédiant d'un geste le page, qui s'éloigna, non sans chercher à rencontrer encore les yeux de la gracieuse jeune fille.

— En grâce, mon père, reprit-elle quand il fut parti, pourquoi cet air chagrin, qu'est-il donc arrivé? Que vous ordonne monseigneur?

— Assieds toi là, en face de moi, lui répondit messire du Mas, en arrêtant sur elle un regard séverement interrogatif; sais-tu ce qui se passe en ce moment dans la ville? Ce beau page t'a-t-il informé du motif qui l'amène ici?

— Le sire page ne m'a informé de rien, répondit non sans hésitation Odette, à qui ces brusques paroles faisaient pressentir une explication qu'elle redoutait depuis long-temps.

Le mensonge qu'elle venait de commettre n'avait pas échappé au chancelier, qui en tira une pénible conclusion.

— Par saint Georges, dit-il en fronçant le sourcil, la discrétion du sire page est vraiment bien grande, trop grande même, car monseigneur le dauphin ne peut vouloir te faire mystère... à toi... ajouta-t-il en appuyant sur ces deux mots, de ce qu'il fait crier par son hérault d'armes. Tiens, ajouta-t-il en entrouvant un instant l'un des vitraux de la croisée, entends-tu ce bruit de trompes sur la place Notre-Dame?

— Serait-ce le cri public des fiançailles de monseigneur avec la princesse Jeanne, qui vous a attristé, mon pere? répondit imprudemment Odette.

Le démenti qu'elle donnait à sa dénégation de tout à l'heure fut pour messire du Mas comme l'aveu complet de la faute qu'il redoutait.

— Berthold a dit vrai, parfaitement vrai! s'écria-t-il découragé.

— Berthold? Qu'a donc dit Berthold? répondit Odette troublée.

— Vous avez flétri ma vieillesse, répondit-il sévèrement, et maintenant je n'ai plus qu'à chercher un asile pour cacher ma honte!

— Mon père!... oh mon père! s'écria la jeune fille en se jetant à ses genoux.

— Ce n'est pas moi qu'il vous faut supplier maintenant, mais monseigneur Humbert qui s'est joué de vous. . mais Berthold qui vous le pardonnera peut-être.

— Berthold est jaloux, et il m'a calomniée!

— Tout à l'heure vous prétendiez ignorer ces fiançailles dont le page qui sort d'ici a seul pu vous instruire : pourquoi m'auriez-vous démenti, si vous n'étiez coupable? Berthold ne vous a point calomniée? Quelle récompense, grand Dieu, pour tant de veilles et de soins! Moi qui ne me consolais de la perte de ta mère, ajouta le vieillard, avec l'accent de la plus profonde douleur; moi qui ne remerciais Dieu de m'avoir conservé la vie que parce que j'étais parvenu à conquérir pour toi un rang que t'avait refusé ta naissance; moi qui, sourd à tous les avis me confiais en toi, comme jadis en ta mère, et prenais en pitié l'envie que j'accusais de s'attacher à toi... Odette, il est donc vrai, tu m'as déshonoré!

Une pudique rougeur couvrit de nouveau le front d'Odette :

— Je ne mens jamais, dit-elle doucement en présentant au vieillard le billet qu'elle avait précédemment serré dans son aumônière, ce n'est point le page, c'est monseigneur lui-même qui a daigné me faire part de ses inutiles fiançailles : Lisez.

Messire du Mas prit le parchemin, le relut à plusieurs reprises :

— Oui, dit-il, je reconnais bien là son langage; il a toujours à offrir une moitié de sa couronne delphinale, et toujours aussi il engage sa part de paradis en garantie de ses faciles sermens d'amour : et cependant!... Où sont maintenant les Bardonnanche!... acheva-t-il tout bas.

— Que monseigneur soit sincère ou non dans ses promesses, Berthold m'a calomniée; je suis digne de vous, mon père.

Un long silence suivit cette réplique. Le chancelier étudiait les moindres termes du billet d'Humbert. Sa prévention cherchait à y découvrir quelque indice du mal auquel il s'obstinait à croire, et n'apercevant dans ces lignes, tendres, mais respectueuses, rien qui confirmât ses craintes, il s'indignait tout à la fois de sentir sa colère fléchir et de conserver encore de pénibles soupçons. Odette, de son côté, luttait contre le besoin de se justifier complètement.

— Demain, lui dit son père d'un ton plus doux, demain, pendant que j'irai à Romans m'acquitter une dernière fois de mes devoirs de chancelier, tu prendras la route de Chambéry.

— Je ne le puis, mon père.

— Comment!

— Monseigneur m'ordonne, vous le voyez, de l'attendre ici.

— Qu'est ce à dire! C'est tout au plus si les droits d'un époux pourraient aller jusque-là!

—Il n'est point mon époux! mais...

— Mais? fit le chancelier.

—Je commets à cette heure un grand péché, répondit Odette en s'agenouillant de nouveau et en remettant à son père un autre parchemin caché dans son prie-Dieu ; car sur la sainte hostie, j'ai moi-même juré de ne montrer la promesse de mariage que voici à personne, si ce n'est à monseigneur de Chissé, et seulement dans le cas où monseigneur le dauphin présenterait à l'autel une autre épouse que moi.

Messire du Mas, stupéfait, ne savait cette fois s'il devait en croire ses yeux. Quand il eut bien examiné en tous sens le précieux écrit, il le ploya avec le plus grand sang-froid, l'enfonça avec précaution dans la poche intérieure de sa robe, et forçant à se relever Odette interdite, Odette qui ne pouvait plus lui dire que du regard : — Mon père, rendez-moi ce dépôt! — il la baisa tendrement au front, l'assit sur le siége qu'il venait de quitter, et, se découvrant respectueusement devant elle, la salua en lui disant :

— Tu seras dauphine!

Puis il sortit précipitamment, sans donner à sa fille le temps de lui répondre.

III.

La Sorcière.

Le brusque départ du chancelier, emportant le serment écrit d'Humbert, avait laissé Odette muette de saisissement. Mais quand, après le premier moment de surprise, elle se rappela ce qui venait d'avoir lieu, et ce dont Berthold l'avait accusée, elle se sentit rougir.

— Eh bien, oui, j'aime Humbert, se dit-elle, j'aime monseigneur le dauphin! Pourquoi Berthold prétendrait-il m'en vouloir?.... Berthold.... répéta-t-elle plus bas, et elle devint toute rêveuse, et elle se couvrit le visage comme si quelqu'un eût été là qui aurait pu lui demander :

— Monseigneur Humbert est-il bien celui que vous aimez le mieux?

Aventureuse comme on l'est à seize ans, quand on est riche, belle et sous le charme des plus enivrantes illusions, les hommages d'un prince souverain ne l'avaient point trouvée insensible. A peine initiée aux mystères du cœur, elle avait pris pour de l'amour ce qui n'était que de la vanité satisfaite. Berthold, au contraire, son compagnon d'enfance, Berthold avec qui elle pouvait échanger incessamment ses plus intimes pensées, elle se figurait ne rien éprouver pour lui. Et pourtant lorsque, involontairement, elle comparaît le dauphin et le bon clerc, elle ressentait, sans pouvoir s'en rendre compte, un secret dépit contre ce dernier, à qui toute sa science ne suffisait pas pour se composer un nom noble et de nobles aïeux, une famille enfin. Elle allait plus avant encore, et de concession en concession elle arrivait à s'avouer que si, renonçant à l'espèce de mission que Berthold prétendait avoir reçue lorsque, blessé trois ans auparavant dans une partie de chasse et recueilli par les religieuses de Montfleury, il fut miraculeusement visité et guéri par une nonne restée invisible, mais qui, depuis, lui avait renouvelé plusieurs fois, disait-il, de terribles exhortations, que si donc Berthold cessait de se poser en factieux, elle oserait dire à Humbert :

— Je ne suis ni princesse ni de haut lignage, merci de votre amour, monseigneur, je préfère un époux qui me puisse toujours honorer et me veuille toujours aimer : un époux mon égal.

La passion est bien près d'éclater quand elle se pose des conditions : déjà Odette, tout en se félicitant de ce que son père ne s'était point arrêté à s'assurer si elle aimait vraiment monseigneur Humbert, se demandait si elle n'avait point laissé se trahir l'étrange satisfaction que lui avait fait éprouver la jalousie témoignée par Berthold.

— Que m'importent Berthold et sa jalousie! s'écria-t-elle irritée contre elle-même et contre un amour qui lui apparaissait subitement grand et impérieux. Je veux être dauphine. J'aurai des pages, des dames, des gardes; des milliers de seigneurs s'empresseront autour de moi, épieront mes désirs, me formeront en tous lieux une cour soumise et brillante! Monseigneur Humbert aime à se faire honneur de ses richesses : j'arrangerai les plus riches demeures ; j'inventerai les plus beaux atours; il sera fier de moi. Je n'oublierai rien pour le faire chérir, mon père veillera à ce que justice égale soit partout rendue au noble comme au roturier. Plus de serfs dans mes terres! Berthold aussi sera content de moi!... Dauphine de Viennois! princesse de Briançon! duchesse de Champsaur! j'aurai tous les titres, tous les pouvoirs; et je m'asseoirai à la même place occupée jadis par une sœur de reine, recherchée aujourd'hui par une fille du sang royal de France! Oh! je veux que tout le monde, même Berthold, bénisse la dauphine Odette, comme on a béni la bonne et pieuse dauphine Marie des Baux!...

Bien des heures s'étaient écoulées dans ces méditations ; Odette s'aperçut, à la fin de l'absence de Berthold, si assidu d'ordinaire auprès d'elle. Elle appela un de ses gens :

— Il doit faire grand froid dans la grande salle de la tour Notre-Dame, lui dit-elle ; voyez si Berthold est à y travailler.

— Berthold?... répondit le valet embarrassé ; vous ne savez donc pas, damoiselle, ce qui est advenu au bon clerc ce matin?

— Un malheur! s'écria-t-elle effrayée.

— Un archer du seigneur bailli l'a conduit en prison.

— En prison! lui, Berthold! Et pourquoi ?

— On dit qu'il a séditieusement interrompu le cri public qu'on faisait des fiançailles de monseigneur le dauphin.

— Que ne m'en parlait-il, je l'aurais rassuré! s'écria-t-elle. Mon père le sait-il? reprit-elle vivement.

— Oui, damoiselle.

— C'est bien, dit-elle, en renvoyant le valet. Imprudent Berthold! se faire le chef des mécontens! Cela lui sied bien, à lui, que monseigneur Humbert comble de bontés; à lui, que mon père paraît avoir tant de peine à défendre contre la haine du tout puissant Amblard de Beaumont. Quelque étrange mystère est caché sous tout ceci. Ce n'est pas par jalousie, certainement, reprit-elle d'un petit ton piqué, que Berthold est l'ennemi du dauphin; l'amour n'est pas ce qui l'occupe le plus, il me l'a répété assez souvent pour que j'en sois bien sûre. Le dauphin coûte cher à ses vassaux; ils se plaignent, ils murmurent, c'est vrai; mais ils l'aiment, car il est affable et bon pour tous, généreux, et surtout juste.... Quels peuvent être, aussi, les soupçons du comte de Beaumont à l'égard de Berthold? Berthold, recueilli par mon père et remis aux soins de ma bonne mère, morte sans avoir su le nom de celle de qui Dieu lui avait donné la place, que peut-il avoir à démêler avec monseigneur de Beaumont, l'ami inséparable du dauphin? Pourquoi, aussi, mon père ne m'a-t-il pas parlé de l'arrestation de Berthold? pourquoi?... Eh, mon Dieu! reprit-elle en affectant la gaîté, une nuit en prison ne ferait pas, après tout, grand mal au bon clerc, cela remettrait de l'ordre dans ses idées; car, enfin, si monseigneur épouse la princesse de Bourbon, il me semble que je...

Elle se tut, de crainte d'en trop dire, et elle attendit impatiemment l'heure à laquelle messire du Mas avait coutume de quitter le conseil.

— Il ramènera certainement Berthold, pensait-elle.

Berthold comptait également sur la mémoire du chancelier. Mais celui-ci avait compris que, dans les circonstances présentes, il était de son intérêt de laisser châtier l'audacieux qui avait osé exprimer publiquement un doute sur la conclusion du fameux mariage.

Une autre considération non moins importante engageait encore messire du Mas à éloigner Berthold, pour quelque temps du moins. Monseigneur Humbert pourrait, sans cela, s'apercevoir qu'il a un rival, s'en indigner, abandonner tout à fait Odette, se rendre aux avis répétés du rigide protonotaire Amblard de Beaumont, prendre ombrage de la conduite du bon clerc, le trop ardent ami des bourgeois, percer le mystère de sa naissance, et dans sa colére, renouveler contre messire du Mas l'inique arrêt fulminé autrefois contre une noble famille, victime aussi de la beauté d'une jeune fille.

Berthold attendit assez paisiblement d'abord; mais, voyant la nuit approcher; il se dit :

— Messire du Mas m'a oublié. Odette, la vaniteuse Odette, ne le fera pas se souvenir de moi. Elle me hait à présent que ma prédiction s'est accomplie, à présent que monseigneur le dauphin, loyal comme tous les suzerains, se rit de l'amour d'une crédule vassale. Oh! que si Odette avait reçu les confidences de la nonne, combien elle m'aimerait, comme elle m'approuverait, comme elle m'aiderait dans la tâche que je me suis imposée! Mais, avant tout, il faut songer à nous tirer d'ici.

Sur l'emplacement où s'élève aujourd'hui la statue du bon chevalier Bayard, l'une des plus hardies conceptions du savant et modeste Raggi, subsistait encore au 14e siècle une église dont la construction remontait au temps où les Romains, trop resserrés dans l'étroite Cularo, jetèrent un pont sur la rivière et fondèrent, sur l'autre bord, la cité de Gratien. Entre cette église, dédiée à Saint-Jean, et l'Isère, s'étendait le palais delphinal dont l'extrémité orientale était séparée de l'eau par le couvent des Cordeliers et dont la partie occidentale se prolongeait jusqu'au rempart contre lequel s'appuyait l'oratoire du noble chapitre Saint-André. C'est dans cette partie du palais communiquant par un passage souterrain avec les caveaux de Saint-Jean, qu'étaient établies les prisons qui servaient à la fois à la justice du châtelain du Graisivaudan et à celle de l'évêque, seigneur suzerain de Grenoble et recevant, à ce titre, foi et hommage des dauphins, suzerains, à leur tour, du reste du pays.

Une demeure aussi triste, dans une capitale ainsi partagée, ne pouvait avoir de grands attraits pour Humbert qui d'ailleurs, et à l'exemple de tous les seigneurs féodaux, préférait le séjour d'un château fort à celui des villes où le gênaient les priviléges des bourgeois et la turbulence du populaire. Les prisons, plus fréquemment occupées que les appartemens du palais delphinal, avaient un peu moins souffert de l'absence d'Humbert; elles étaient loin, cependant, de présenter l'aspect rassurant de nos prisons modernes. Les redoutables cachots souterrains de la Conciergerie de Paris seraient des boudoirs en comparaison de ceux creusés sous les dales romaines de l'église Saint-Jean : mais, en compensation, il n'est pas à la Conciergerie une seule issue en laquelle puisse espérer le prisonnier, pas un mur dont la solidité soit douteuse, pas une porte inutile au service et qu'on ait oublié de faire disparaître.

Berthold, peu au fait des localités, ne comptait pour s'évader, que sur une fenêtre basse donnant sur la rivière, et mal défendue par deux ou trois barreaux à demi-dévorés par la rouille. Il ne pouvait être traité en détenu vulgaire par un geôlier qui connaissait le privilége dont il jouissait, et savait, par conséquent, que son emprisonnement ne deviendrait sérieux et légal que si le chancelier le ratifiait. Il était donc en quelque sorte prisonnier sur parole dans l'enceinte des bâtimens. Quand la nuit fut bien sombre, il sortit de la pièce où son hôte complaisant lui avait entretenu bon feu, et armé d'une barre de fer arrachée au foyer, il s'orienta de son mieux et se dirigea à tâtons vers les cachots.

Arrivé à l'extrémité d'un passage où il s'était engagé par mégarde, il lui sembla que l'espace s'élargissait autour de lui.

— Où diable suis-je? se dit-il en suivant avec précaution le mur à sa gauche; et il finit par rencontrer une porte basse, étroite et obstruée par des décombres dont il l'eut bientôt débarrassée.—A la grâce de Dieu! reprit-il en faisant jouer son levier; le pis serait pour moi d'être remis en mon premier gîte.

Le bois vermoulu céda, et un dernier effort fit crier les gonds. A ce bruit, rendu plus intense par les voûtes sous lesquelles il se propageait, une vive clarté brilla à l'extrémité de la large salle souterraine.

— Est-ce vous, geôlier? cria d'une voix effrayée un vieux prêtre en entrebâillant la porte d'un cachot.

Berthold, abrité par l'ombre d'un pilier, retenait sa respiration.

— C'est quelque espièglerie de maître Satanas, répondit de l'intérieur du cachot une voix d'homme que Berthold reconnut. Ne nous en mettons point en peine, messire Robert, et achevons de nous acquitter de notre pénible ministère.

— Que peut faire ici le vicaire de monseigneur l'évêque? se dit Berthold étonné et en s'avançant, quand la lumière fut disparue, vers l'issue qu'il s'était ouverte. Il monta rapidement un escalier qui le conduisit dans l'une des chapelles latérales de l'église Saint-Jean, où il pénétra sans trop de difficultés. La certitude de pouvoir maintenant s'échapper quand il le voudrait lui permit de se rappeler l'apparition qui venait de le frapper.

— Que peut faire ici le vicaire de monseigneur l'évêque? répétait-il en descendant avec précaution. Parvenu près du cachot dont la porte venait de se refermer, il y entendit un murmure de voix; il s'approcha et prêta l'oreille.

— Du courage, ma sœur, disait le vieux prêtre d'une voix encore troublée par la peur. Dites-nous toute la vérité, et les anges vous apporteront demain la couronne du martyre.

— Voulez-vous donc mourir dans l'impénitence finale? ajouta le vicaire de l'évêque. Avouez-nous ici, en présence de Dieu, que, religieuse, vous avez violé votre clôture pour vous livrer à des actes de sortilége et de magie contre monseigneur Humbert.

— Je ne suis pas une religieuse, et si j'étais magicienne, je ne serais plus en votre puissance, répondit une voix brisée dont le son fit tressaillir Berthold.

—N'aggravez pas vos fautes, ma sœur, répondit le vieux prêtre, niez-vous donc de faire partie de la communauté de Montfleury ?

—C'est elle... C'est bien elle! C'est la nonne invisible, se dit Berthold qui pâlit involontairement.

— En grâce, mes pères, accordez moi cette dernière nuit de repos! Faut-il vous le répéter encore, jamais la dauphine, madame Marie des Baux, ma protectrice, n'exigea de moi que je prononçasse des vœux. Elle m'avait donné un asile dans sa sainte communauté, à la seule condition d'y vivre cachée et retirée, au moins de son vivant; si depuis sa mort j'ai repris ma liberté, c'est que j'avais ailleurs des devoirs sacrés à remplir; si je me suis dérobée à tous les regards pour arriver jusqu'à monseigneur le dauphin, c'est que je savais le comte Amblard de Beaumont décidé à rendre véritable le bruit de ma mort répandu par lui... Sa haine ne sera satisfaite que lorsqu'il m'aura tuée, mais je laisserai quelqu'un qui me remplacera!...

— Ma sœur! s'écria le vieux prêtre.

— Laissez, laissez, messire Robert, c'est l'esprit malin qui parle. Que peut-il y avoir de commun entre monseigneur le protonotaire et cette femme...

— Cette femme!.,. s'écria la recluse d'une voix éclatante d'indignation, et c'est vous qui parlez de moi avec un tel mépris, vous messire Fallavel, vous le serf de ma famille!

Les deux prêtres, comme d'un commun accord, et pour étouffer les cris de la recluse, avaient entonné le psaume *Miserere mei Deus* qu'ils interrompaient de temps en temps pour répéter ensemble la formule d'exorcisme : *Vade retro Satanas, Vade! Vade!* Berthold ne distinguait plus que quelques exclamations incohérentes qui allèrent en s'affaiblissant, jusqu'à ce que, vaincue, épuisée et glacée par les flots d'eau bénite dont on l'avait inondée, la pauvre femme murmura d'une voix éteinte :

— Grâce... grâce... Je me meurs...

Berthold frémissait et cherchait à ébranler la porte quand le vicaire reprit la parole.

— Décidément, ni violation de vœux monastiques, ni magie et sortilége, ni apparitions nocturnes à monseigneur Humbert, ni évocations, notamment de l'ame de Marie des Baux, vous ne voulez rien avouer?

— Si fait, messire Fallavel, si fait, messire Robert, vous, mon bon père, écoutez d'avance ce que je dirai tout haut devant tous quand le bourreau m'aura attachée demain sur le bûcher : J'ai été belle, j'ai été noble, j'ai été orgueilleuse; Amblard de Beaumont m'aimait : je ne l'aimais pas; il n'était pas assez grand seigneur pour moi. Il résolut de se venger. Un autre...

— Assez! assez! s'écria le vicaire.

— Ne craignez rien, messire Fallavel, je ne dirai pas celui par qui me fit outrager la sauvage jalousie d'Amblard de Beaumont. J'ai promis à Marie des Baux de tout pardonner; je l'ai promis à l'unique condition qu'on pardonnerait aussi leur trop juste colère et leur rébellion à mon vieux père et à mes frères, dont je n'ose plus prononcer le nom maintenant déshonoré. Je tiendrai mon serment jusqu'au bout, ne craignez rien, messire Fallavel!...

La voix de la recluse s'élevait de nouveau retentissante, et de nouveau le vicaire d'abord, puis messire Robert reprirent leur étourdissante psalmodie. Berthold recueillait avidement chaque parole ; il lui semblait qu'il comprenait mieux les mystérieuses recommandations de la nonne que chaque nuit il croyait entendre s'approcher de son chevet et lui dire : — Enfant, venge ton grand-père et tes oncles! abaisse les grands, leurs égaux et les tiens, et Dieu te rendra ta mère!

Un silence absolu régnait depuis quelques instans; soudain la porte du cachot s'ouvrit, Berthold n'eut que le temps de se jeter à l'écart, et les deux prêtres sortirent et s'éloignèrent à pas lents.

— Je serais d'avis de surseoir, jusqu'à après-demain, par exemple, à l'exécution de cette femme, disait le vieux prêtre; brûler une sorcière le matin et allumer des feux de joie le soir, me semble peu convenable.

— C'est-à-dire, messire Robert, que vous avez regret à l'arrêt que nous venons de signifier ?

— Dieu m'en préserve !... Cependant je ne serais pas fâché que monseigneur le dauphin eût été supplié de donner lui-même quelques renseignemens, et aussi messire du Mas, et la demoiselle Odette qui a parlé, dit-on, d'une nonne invisible qui, chaque nuit, visite le bon clerc.

— Monseigneur le dauphin, s'il savait ce qui se passe, voudrait faire grâce, et ce cela ne se peut pas... Point de grâce aux sorcières !

Ces derniers mots achevèrent de déterminer Berthold :

— Sorcière ou non, je la sauverai ! s'écria-t-il quand il fut seul, et il courut au cachot que les deux prêtres avaient assez mal fermé, comptant sur le geôlier et sur l'état de faiblesse de la prisonnière.

— Que me veut-on encore ? murmura celle-ci.

—Silence ! lui dit Berthold en se baissant dans le coin où elle s'était blottie.

— Oh ! je vous en prie, ne me faites pas souffrir !...

— Ne crains rien, c'est moi... C'est Berthold.

— Berthold? répondit la prisonnière en se soulevant sur la paille humide qui lui servait de couche, enfant ! laisse-moi t'embrasser... t'embrasser encore ! et en disant elle promenait ses mains tremblantes sur le visage de Berthold qui cherchait à l'entraîner.

— Viens, c'est à mon tour à te sauver la vie. Tu m'as révélé, il y a trois ans, la moitié du secret qu'aujourd'hui je veux savoir tout entier, viens, la demeure du chancelier est inviolable et Odette est bonne et compatissante.

— Non, Berthold, non c'est inutile, mon heure est venue de mourir.. Mais tu me vengeras, n'est-il pas vrai, moi, ta mère... C'est l'autre moitié du secret que je t'avais promis.

— Toi, ma mère? répéta Berthold confondu ; et malgré lui il éprouva un horrible serrement de cœur en s'entendant réclamer par une femme à qui il croyait sincèrement des intelligences avec les esprits infernaux.

— Adieu... adieu, mon fils... balbutia la recluse en tombant évanouie.

— Que Dieu me garde et m'absolve si je fais mal ! s'écria Berthold en la prenant dans ses bras et en fuyant vers le sombre escalier de la chapelle.

Un instant après il se croisait non loin de la grande porte du palais delphinal avec une femme qui paraissait aussi pressée que lui d'arriver au terme de sa course.

Quand Odette avait vu s'écouler inutilement l'heure à laquelle se séparait le conseil, l'inquiétude s'était de nouveau emparée d'elle ; et elle appela le valet qui déjà lui avait annoncé l'arrestation du bon clerc.

— Berthold n'est pas venu ? lui dit-elle.

— Non, damoiselle.

— Vous m'avez dit qu'il avait séditieusement interrompu le cri public ; aurait-il ameuté le populaire, résisté aux archers ?

— Il a ri une petite fois, rien qu'une fois, et le hérault d'armes s'est fâché, répondit le valet.

— Oh ! dit Odette troublée, Berthold n'est pas rieur de sa nature : il fallait qu'il fût bien en colère. Vous ne savez pas tout, Jean, ou bien vous me cachez quelque chose.

— Je vous jure, damoiselle, qu'il ne s'est passé que cela.

— C'est impossible; Berthold serait en liberté. Que dit-on dans la ville? De quoi s'occupe-t-on?

— On parle des feux de joie que M. le bailli fait préparer, pour demain soir, sur la place Notre-Dame, devant l'église Saint-Laurent, et puis à la tour Rabot.

— Cela m'intéresse peu.

— Les fiançailles de Mgr le dauphin étonnent aussi... se risqua à dire le valet en observant l'effet que cela produirait sur Odette.

— Ce n'est pas ce que je vous demande, répondit froidement celle-ci; y a-t-il du mouvement, de l'inquiétude dans la ville?

— Il y a bien une sorcière que la justice de monseigneur, l'évêque doit faire bûler demain matin, mais...

— Je le sais; que Dieu lui fasse grâce! Les sorcières et autres mauvaises gens ne valent pas qu'on s'en inquiète autrement que pour prier pour le repos de leurs ames. C'est de Berthold que je veux que vous me parliez.

— Eh! bien... s'il faut tout vous dire, damoiselle, les bourgeois et le populaire sont fort émus de son arrestation, et si monseigneur le bailli veut avoir une bonne fête, demain, il fera bien de rendre le bon clerc.

— Vraiment! s'écria Odette avec orgueil; ah! tant mieux!

— Ah! c'est que le bon clerc, voyez-vous, damoiselle, dit Jean en s'animant à son tour, c'est l'ami, le conseil, le protecteur de tous! aussi il n'aurait qu'un mot à dire, un signe à faire, et...

Un message du chancelier arrivait.

— Laissez-moi, dit Odette au valet, et elle lut : « Je pars à l'instant »même pour Romans. J'ai obtenu du conseil delphinal plus que je ne »désirais. Le contrat proposé par M. de Bourbon a paru inacceptable. »J'ai hâte d'en conférer avec monseigneur Humbert. »

— Pas un mot de Berthold! s'écria t-elle; il l'oublie, il l'oublie tout à fait. J'irai donc le réclamer moi-même. Je rendrai service à M. le bailli et à monseigneur le dauphin lui-même, qui ne savent pas ce que vaut la liberté du bon clerc; et, jetant un manteau sur ses épaules, elle accourut à la prison.

— Berthold? dit-elle au geôlier étonné d'une pareille visite; je veux voir Berthold. Mon père a oublié de le venir retirer d'ici : je le viens chercher. Mon père ou moi, c'est la même chose; vite, vite, menez-moi vers Berthold.

— Vous rendre le sire Berthold? je ne le puis, damoiselle; mais vous conduire près de lui, c'est différent. Venez, lui répondit-il.

Et il monta avec elle à la chambre qu'il avait assignée à Berthold; elle était vide. Il appela dans le corridor, dans les chambres voisines : personne ne répondit. Inquiet, il descendit, toujours suivi d'Odette fouilla partout, appela encore : le tout en vain. Il pensa alors aux cachots de l'église Saint-Jean et y courut.

— Damnation! s'écria-t-il en apercevant celui qui était resté ouvert le clerc m'a volé ma sorcière!

— La sorcière! répliqua Odette épouvantée.

— Que dirai-je, demain, quand on viendra la prendre pour la conduire au bûcher!... on m'y enverra à sa place!... Ma pauvre femme!... mes pauvres enfans! hurlait le vieux geôlier en s'arrachant les cheveux; il me faut ma sorcière!

Odette n'avait plus une goutte de sang dans les veines. Le désespoir de cet homme, et aussi l'idée que Berthold pouvait être en contact avec une impure sorcière, la glaçaient de terreur.

— C'est elle, bien plutôt, dit-elle, qui aura fasciné Berthold et qui l'aura enlevé. Elle s'est peut-être rendue invisible, et a rendu Berthold invisible comme elle ; peut-être marchent-ils à côté de nous : Guigues, faites avec moi le signe de la croix, cela rompra le charme. Elle se signa dévotement. Le geôlier éper du l'imitait en se tournant de tous côtés.

— Rien n'y sert, dit-il découragé. J'ai vu bien des sorcières, mais aucune comme celle-là. J'ai failli y être pris moi-même. Le vicaire m'avait pourtant bien prévenu.

— Elle est donc bien belle ? balbutia Odette en pâlissant.

— Elle a déclaré trente-trois ans ; mais elle ment de moitié, de plus de moitié. Le diable en l'ensorcelant, et Berthold en se laissant, comme vous dites, emporter par elle, savaient bien ce qu'ils faisaient, allez !... Dieu ! s'écria-t-il en s'interrompant, et en se précipitant par l'escalier de la chapelle, je suis sauvé ! Ils sont montés dans l'église, et l'église est fermée !

Mais quand, arrivé dans la nef déserte, il eut trouvé une des portes latérales encore entr'ouverte, ses genoux fléchirent et il se laissa tomber en bégayant d'une voix sourde :

—Sire Berthold, rendez-moi ma sorcière.

Quand il se releva, il était seul, Odette était disparue par le même chemin qu'avait suivi Berthold...

IV.

La Vision.

Le savoir de la jeune fille n'était pas plus grand que celui du bon clerc : elle aussi croyait aux sortiléges. Cependant son instinct de femme lui révélait, dans la sorcière réclamée par Guigues, quelque chose de plus dangereux pour elle qu'une impure réprouvée : elle craignait une rivale. Le sentiment de jalousie qu'elle éprouva alors fut terrible, et ne lui laissa plus douter de son amour pour Berthold. Affaiblie, vaincue par la souffrance, elle regagnait lentement sa demeure, quand, au coin de la rue Chenoise, en face de celle du Pont-de-Bois, elle fut arrêtée par une cavalcade nombreuse qui descendait silencieusement de la porte de Chalemont, de l'autre côté de l'eau, et se dirigeait vers le palais Delphinal.

—Respect aux dames, sire de Beaumont, dit l'un des cavaliers en arrêtant son cheval pour la laisser passer, et en forçant à l'imiter un autre cavalier aux allures moins courtoises.

—Humbert! s'écria tout bas Odette en reconnaissant le dauphin, et honteuse d'être surprise dans la rue, seule à une pareille heure, elle abaissa son voile sur son visage, et s'enfonça dans l'ombre.

Cette rencontre imprévue et dans une telle circonstance produisit sur elle un effet extraordinaire. Humbert dans le billet qu'elle avait reçu du page lui disait : « Ne vous inquiétez d'aucune nouvelle ; quand vous me » reverrez, fleur de ma vie, et ce sera bientôt, je serai libre, j'aurai sa- » tisfait à toutes les exigences ; je serai tout à vous et je vous sommerai » de tenir votre parole d'être aussi toute à moi. »

— Le voilà, Humbert, il arrive, se dit-elle frémissante de dépit contre Berthold, il arrive et fidèle à son serment il vient requérir merci pour son amour ! soyez le bienvenu, monseigneur, Berthold est parti. Je ne l'aime plus ! Je suis prête à devenir dauphine !

Elle avait beau faire ; sa bouche maudissait Berthold et son cœur était

2

plein de lui. Lorsqu'elle se fut bien assurée qu'il n'avait point paru dans la maison du chancelier, une tristesse mortelle la saisit, elle s'assit et pleura.

La nuit s'avançait. La lampe qui achevait de se consumer au milieu de la chambre ne répandait plus qu'une clarté douteuse, prêtant des apparences fantastiques aux objets indistincts. Odette, les yeux brûlés par la fatigue et obscurcis par les larmes, était encore dans le fauteuil où elle s'était jetée en rentrant.

—J'attends mon père, se disait-elle, pour se donner le change à elle-même, il n'a pas besoin d'aller jusqu'à Romans, il a dû rencontrer monseigneur sur sa route : j'attends mon père. Et elle restait là, immobile, pensive, non pas attendant son père, mais écoutant le bruit des combats étranges que se livraient, dans le fond de son cœur, l'amour et la jalousie. Une bise piquante sifflait au dehors, au travers des branches dépouillées des arbres du verger et faisait gémir les profondeurs de la vieille tour romaine contre un des côtés de laquelle était adossée la maison de messire du Mas. Odette, l'œil fixe et le regard perdu, se pencha dans son fauteuil, ses cheveux se hérissèrent :

— Ah!!... cria-t-elle d'une voix déchirante, et elle resta le cou tendu, contemplant la vision qui se dressait devant elle.

Dans un coin, près d'une porte dissimulée dans la boiserie, apparaissait un berceau couvert d'un large écu en lozange, surmonté d'une couronne comtale, et distribué en quartiers innombrables. Un faible vagissement se fit entendre : l'écu se surchargea soudain d'une barre de bâtardise, s'effaça par degrés, et à côté du berceau se dessina une figure de jeune fille, belle, admirable en dépit de sa pâleur, et portant écrit au front et à la place du cœur le nom presque illisible de Humbert. Cette figure se baissa sur le berceau, en dégagea un enfant qu'elle tenait debout dans ses bras et montrait en souriant à Odette, puis elle disparut, et l'enfant, au contraire, grandit, s'approcha... Odette poussa un cri d'effroi, ferma les yeux et demeura comme frappée par la foudre en entendant une voix bien connue lui dire d'un ton de doux reproche:

—Je te fais peur, Odette?

—Berthold!... Berthold!...

—Reviens à toi, Odette.

—Grâce! grâce Berthold!... Je prierai, je ferai prier pour toi!

—Reviens à toi, te dis-je; je ne suis pas mort et j'espère bien ne pas mourir encore.

Odette leva lentement la tête, le regarda quelques instans et, rassurée enfin, se jeta dans ses bras en s'écriant :

—Mon Berthold!... C'est toi! c'est bien toi!...

—Je te remercie de m'avoir attendu, car j'ai besoin de toi.

— Te cacher, n'est-ce pas? Viens, viens.

Et elle l'entraînait vers la porte secrète par où lui-même était entré, et devant laquelle s'était déployée la vision.

— Ce n'est pas moi qu'il s'agit de cacher, mais quelqu'un qui m'est plus cher que moi-même.

— Ah! je sais... dit Odette en faisant un pas en arrière.

— Tu nous a donc aperçus..... Serait-ce toi que j'ai rencontrée ce soir proche de la grande porte du palais delphinal?

— Oui. Au moment où tu sortais de l'église Saint-Jean avec une... méchante sorcière, ajouta-t-elle avec répugnance.

—En effet, répondit Berthold en souriant amèrement, elle est sorcière; elle sait tout, et mon amour dédaigné, et le bonheur du perfide Humbert.

— Et qui lui a dit cela, aussi bien qu'à toi?

— Ne le nie pas : tu aimes le dauphin, répliqua Berthold avec feu.

— Encore une fois, qui te l'a dit? s'écria Odette, tremblante d'émotion.

— M'aimes-tu, moi?

A cette brusque question, la jeune fille baissa la tête et se tut. Berthold, en proie à une agitation extrême, reprit, en se contenant :

— Je t'afflige, j'ai tort; pardonne-moi. Tu m'aimes en bonne sœur; je ne puis, je ne veux pas désirer davantage. M'aimer d'amour, m'aimer comme je t'aime, c'est impossible, vois-tu!.. Non, non. Odette, ma bonne sœur, garde-toi de l'amour du pauvre Berthold, qui ne te demande que de le laisser veiller sur toi.. Humbert! Oh! Hubert, dit-il en frémissant, il te trompera... Aide-moi, je t'en supplie, aide-moi à le punir d'avance... La sorcière, cette femme que tu appelles la sorcière, et qu'ils veulent faire mourir parce qu'ils l'ont offensée, outragée, elle est là près de toi, dans la salle basse de la tour; secours-la, cache-la... Adieu!

— Berthold! dit la jeune fille en le retenant.

— Je retourne à la prison; Guignes ne doit pas être victime de mes hardiesses.

Berthold! mon Berthold, je t'en conjure! fuis plutôt avec cette... femme; je le préfère mille fois. Ne te livre pas à sa place; le pouvoir de mon père ne te protégerait plus : monseigneur Humbert est arrivé!

— Humbert est ici!

— Le comte de Beaumont, ton ennemi, est avec lui, et aussi ses gardes et toute sa maison; je les ai vus, je les ai rencontrés tout à l'heure.

—Humbert ici! s'écria Berthold, tant mieux! courons prévenir nos amis et que demain il ait reçu leur supplique, et les trouve prêts à la soutenir comme il faut. Tant mieux! répéta-t-il, j'irai droit à lui. Ne pense plus à moi : sauve la seule femme qui m'aime et que je puisse aimer à présent.

— Et moi, Berthold! s'écria Odette en s'attachant à lui.

— Toi! dit-il en s'arrêtant, tu ne m'aimes pas.

— Ingrat!

— Il se pourrait, grand Dieu!

— Je ne veux pas que tu me quittes! J'irai affronter la colère du dauphin, celle d'Amblard, les implorer pour cette... femme... Oh! mais, Berthold, tu ne l'aime pas, cette femme, n'est-ce pas?

— Merci, oh! merci reprit le bon clerc ivre de joie, mon Odette, mon ange, merci! Je suis heureux! Je puis braver à présent et le sire de Beaumont, et l'évêque, et monseigneur Humbert!

—Tu ne m'as pas répondu? Cette femme?...

— Sois généreuse; secours-là, et ne me demande rien.

— Eh quoi! tu as un secret pour moi qui n'en ai plus pour toi!

— Il ne m'appartient pas.

—Elle aurait donc de la honte à l'avouer?... O mon Berthold! prends garde pour toi, pour moi, pour nous tous, aux piéges de l'esprit malin : cette femme...

—Croyante et pieuse comme toi, mon Odette, elle a, de plus que nous tous, la dévotion qu'inspire le malheur. Plains-là, acheva-t-il vivement ému, adieu! Je vais chercher sa grâce.

— Jure-moi, Berthold, jure-moi que moi seule...

—A toi seule mon amour, à toi seule et mon cœur et mon ame!

—Eh bien! je te crois. J'irai au secours de cette femme, répondit Odette avec un sourire éloquent.

Et ils se séparèrent en échangeant un regard d'amour et d'espérance.

V.

Amblard de Beaumont.

La pauvre prisonnière que Berthold avait introduite dans un réduit dont le secret n'était connu que de messire du Mas, d'Odette et de lui, la prétendue sorcière n'était revenue à elle qu'après le départ de son fils. Il lui sembla, en se retrouvant seule et dans l'obscurité, que tout ce qui venait de se passer n'avait été qu'un rêve décevant, qu'elle était toujours dans son cachot, attendant son geôlier et ses bourreaux. Un instant de bonheur avait brisé la force de celle qui, pendant dix-huit ans, avait enduré sans gémir, sans se plaindre, toutes les douleurs qui peuvent assaillir le cœur d'une femme et comme fille et comme mère. Elle se prit à pleurer. Elle avait été mieux maîtresse d'elle-même lorsque, autrefois, trompant la surveillance dont elle était l'objet dans le couvent de Montfleury, elle s'était glissée près de Berthold en proie à une fièvre dévorante, et avait raconté, sans trahir aucun nom, l'outrage fait quinze ans auparavant à une noble fille par deux seigneurs, l'un docile instrument de la colère de l'autre. Une froide indignation l'avait seule animée pendant qu'elle disait comment, pas un des autres nobles du pays n'avait osé élever la voix contre cette infâme déloyauté, et comment, repoussée par les siens et obligée de se séparer de son enfant, la victime de ce jeu de grands seigneurs avait été amenée à ce comble d'humiliation d'accepter, en échange d'une vaine promesse de grâce pour son vieux père et pour ses frères proscrits, les jalouses conditions d'une heureuse rivale. Déjà, à cette époque, le temps de la clémence était passé pour elle. Lasse de la stérile pitié de la douce Marie des Baux, elle voulait une réparation, et elle aurait craint d'humilier, de décourager Berthold, de qui elle l'attendait, Berthold, dont elle cherchait, au contraire, à irriter l'orgueil, si, après lui avoir dit :—Cet enfant, c'est toi!—trop d'émotion l'avait fait se trahir sous ses humbles vêtemens de nonne. Plus tard, quand, après s'être enfuie de la cellule où la faisait garder l'implacable protonotaire, elle avait trouvé le bruit de sa mort accrédité auprès d'Humbert devenu veuf, elle s'était résignée en pensant à Berthold, qui travaillait activement à mériter qu'elle lui tînt la parole qu'elle lui avait donnée, de lui révéler le nom de sa mère quand il l'aurait vengée de ces nobles qui l'avaient outragée et lâchement abandonnée. Arrêtée enfin, par ordre d'Amblard, livrée à la justice de l'évêque et mise en face d'un supplice infamant, elle était encore demeurée inébranlable. L'œuvre imposée par elle à son fils allait être accomplie. Qu'importaient à la fille des Bardonnanche quelques jours de plus ou de moins d'une existence désormais inutile? Mais depuis que le cri de la nature s'était échappé de ses lèvres si long-temps muettes, tous ses instincts de mère s'étaient réveillés en elle, elle voulait vivre, elle voulait revoir son fils.

En ce moment Odette poussait lentement la porte de la salle : la clarté du cierge qu'elle tenait éblouit la recluse, qui glacée d'épouvante se prosterna le front contre terre et murmura : — Voici l'ange du jugement dernier; seigneur, que ta volonté soit faite.

Odette avait confiance en Berthold, et cependant les assurances qu'il lui avait données n'avaient pu détruire sans retour ses jalouses appréhensions, ni même l'impression qu'avait produite sur son esprit l'accusation de sorcellerie portée contre la malheureuse qu'elle venait consoler. Elle ne pouvait donc se défendre d'un double sentiment de répulsion.— Elle prie, se dit-elle, étonnée, et elle fit le signe de la croix; puis, après avoir posé son cierge sur le bras de fer placé contre l'une des parois de cette espèce de cachot, elle dit : — N'ayez peur, madame; je suis Odette.

— Qui me parle? dit la pauvre femme en se relevant à demi et en regardant avec défiance autour d'elle. Odette! reprit-elle en se dressant tout à fait et en montrant un visage flétri, dont le premier effet fut de rassurer la vanité de la jeune fille. Je suis sauvée! C'est donc bien vrai? Mais lui..., lui, pourquoi m'a-t-il quittée? s'écria la recluse en s'approchant d'Odette, dont le regard la parcourait, et qui, tremblante, balbutiait tout bas :

— La vision!... Oh! la vision! et se reculait avec terreur.

— Je vous effraie, dit Alix avec un accent de douloureux regret et en abaissant le voile qui lui encadrait le visage. J'ai été belle et brillante comme vous, et maintenant... me voilà. Dieu vous garde de mes douleurs!

— Oh! madame.... reprit Odette, confuse, mais l'œil toujours fixé sur des traits où elle cherchait à ressaisir un vague souvenir.

— Hélas! je l'oubliais, reprit la pauvre femme, que ce regard intimidait. On dit que je suis sorcière. Et, se mettant à genoux, elle fit, en même temps qu'Odette, qui l'imita sans y penser, le signe de la croix, et elle pria en disant : Seigneur, mon Dieu! fais que ma présence ne porte pas malheur à cette enfant.

En prononçant ces mots, sa physionomie s'illumina d'une expression si touchante et si douce, sa pose, son geste eurent tant de grâce et de simplicité, qu'Odette crut revoir la toute belle jeune fille qui tout à l'heure s'était penchée sur le berceau pour lui présenter le mystérieux enfant :

— Oh! dit-elle en lui tendant les bras, comme vous lui ressemblez!

— Lui? qui lui? répartit la pauvre femme étonnée et craintive.

— Celui que vous demandiez à l'instant même... Berthold... répondit timidement Odette.

— Vous trouvez! répliqua la récluse en trahissant un singulier mouvement d'orgueil; il est bien beau, mon Berthold! s'écria-t-elle, et vous aussi, enfant, vous êtes belle, bien belle... Aimez-le, car il vous aime, et l'on peut être fière de son amour!

Cette exclamation fit tressaillir Odette. Toute obscurité était disparue : c'était la mère de Berthold qui était là, tremblante, éperdue devant elle; elle la reconnaissait : il lui semblait même découvrir sur son front les vestiges du nom qui l'avait épouvantée tout à l'heure. Voilà donc le secret que me cachait Berthold! dit-elle à demi-voix; il veut que je l'aime, et il ne me croit pas digne d'aimer autant que lui; je n'ai pas de mère, et il me refuse la sienne!

— Votre mère fut une heureuse femme; n'associez pas son souvenir à ma misère. Je n'ai point à rougir devant Dieu; il sait que la violence a tout fait; mais le monde ne croit à rien.

— Ne m'en veuillez pas, madame... Berthold connaît-il son père?

— Non! non! il n'est pas temps encore, répondit la pauvre femme en secouant la tête; mais vous, reprit-elle, le connaissez-vous?

— Oui.

— Qui vous l'a nommé?

— Dieu, répondit tout bas Odette; et elles gardèrent toutes les deux le silence.

— Dieu ne veut que ce qui est bon et juste, reprit la recluse; je me soumets, puisqu'il a permis à votre père de vous parler d'Alix de Bardonnanche.

— Mon père ne m'a rien dit, et il n'y a qu'un instant j'ignorais votre nom. Un songe, une vision, que sais-je, une révélation d'en haut m'a tout à l'heure montré Berthold au berceau, Berthold dans les bras de sa mère qui portait écrit, là, ajouta-t-elle en posant sa main sur son cœur, un mot que je crois lire encore. Je vous ai reconnue, voilà tout.

— Odette, le passé vous est connu ; choisissez maintenant d'être la bru ou la victime d'Humbert ?

— Sa victime ? jamais.

— Je me le promettais aussi.

— Mais moi, s'écria Odette radieuse, Berthold me gardera !

— Oh ! merci, vous l'aimez ! répliqua Alix au comble de la joie et en serrant la jeune fille dans ses bras. Où est-il Berthold, où est-il ? Comment m'a-t-il sauvée ? Pourquoi m'a-t-il quittée? demanda-t-elle en regardant autour d'elle avec inquiétude.

— Il était en prison comme vous...

— Par ordre d'Amblard de Beaumont, n'est-ce pas ? Amblard aura deviné que ce Berthold si fier, si remuant, est le fils de cette Alix qu'il livra jadis en passe-temps à son futur souverain. La mère et le fils, il a juré de tout faire disparaître.....

—Non, non !... J'irai à monseigneur Humbert ; j'irai dès demain...

—Dès demain, dites-vous ? Humbert est donc à Grenoble ?

—Il vient d'y entrer.

— Odette ! s'écria Alix frappée d'une inspiration soudaine, faites que je puisse voir Humbert et lui parler : depuis deux ans je suis ses traces de Romans à Beauvoir, de Beauvoir à Vienne, à Avignon, sans que j'aie pu tromper la vigilance de Beaumont. J'ai employé toutes les ruses, et, sans cesse prévenue, je n'ai pu que de loin et à la dérobée crier mon nom et m'enfuir ; mais je sais les remords de Humbert ; mais je sais ses secrètes pensées : aidez-moi à relever la noble famille des Bardonnanche.

— Ici vous n'avez rien à craindre ; mais, hors d'ici, je ne saurais vous défendre. Comment faire?

— Eh bien ! qu'Humbert vienne ici.

— En l'absence de mon père ? dit timidement Odette.

— J'y serai.

— Et Berthold aussi, je l'espère! répliqua la jeune fille avec une joie naïve.

— Oh! oui, demandez la liberté de Berthold, reprit Alix. Quoiqu'il ait commis, on vous l'accordera ; on ne sait rien vous refuser, enfant... Mais, dit-elle d'une voix ferme et sévère, Berthold ne peut se trouver entre Humbert et moi. Il doit ignorer cette entrevue, car si Humbert reste inflexible, il faut bien que quelqu'un le punisse...

— Quoi! madame, vous penseriez à Berthold pour cela ! Un fils contre son père ! s'écria Odette.

Le front d'Alix s'obscurcit, ses yeux brillèrent d'une sombre lueur.

—Que ce fils paie d'abord, dit-elle, ce qu'il doit à sa mère ; je me charge du crime, s'il y en a, et Dieu me le pardonnera.

— Mais Dieu ne me pardonnera pas à moi, madame, à moi qui sais maintenant...

—Vous ? repartit Alix avec une telle expression, que la jeune fille, tressaillit, vous vous tairez ou vous perdrez votre père qui, en accueillant Berthold, s'est rendu rebelle aux ordres de son seigneur le dauphin, le juge inique et le proscripteur de tous les Bardonnanche.

— Je me tairai, madame, balbutia Odette terrifiée, monseigneur viendra ; je vous obéirai.

Le comte Amblard de Beaumont, objet de la haine passionnée d'Alix, ne méritait point toutes les accusations dont elle le chargeait. On aurait dit à l'entendre que ce seigneur ne se délassait de ses hautes méditations politiques qu'en persécutant une femme à qui, d'ailleurs, il avait déjà durement rendu l'affront qu'elle lui avait fait autrefois en repoussant l'offre de sa main. Rien, si ce n'est peut-être les mœurs demi-sauvages de l'époque, ne peut faire excuser l'assistance qu'Amblard de Beaumont prêta au jeune Humbert pour tromper la confiance de la crédule et ambitieuse Alix; mais si, moins sensibles à cet outrage, les Bardonnanche n'avaient pas livré leurs châteaux au comte de Savoie, aucun d'eux n'aurait eu, de nouveau à se plaindre de lui. Aujourd'hui même, s'il poursuivait Alix et si Berthold appelait son attention, c'était parce qu'il craignait que l'une ne fût un obstacle au mariage d'Humbert avec la princesse Jeanne, et parce que l'autre dirigeait les bourgeois dans leur sourde révolte contre la chancelante féodalité dauphinoise. Taillé sur le patron des hommes qui sous les successeurs de Charlemagne s'étaient approprié les terres confiées à leur garde, Amblard était, de tous les nobles du Dauphiné, celui qui semblait le moins fait pour l'amitié d'Humbert. Orgueilleux comme son écu, inflexible comme le fer de son épée, il n'avait ni la générosité chevaleresque du dauphin, ni aucun de ses moyens de séduction. Religieux autant que peut l'être un soldat qui fonde sa puissance sur la force, il eût, dans le même moment, baisé la mule du pape et mis à sac Avignon, si le Saint-Père avait osé lever un épi de trop sur les terres du Viennois. Intègre, d'ailleurs, fidèle à sa parole et dévoué à la personne d'Humbert, il remplissait depuis vingt ans son rôle de conseiller sans avoir à se reprocher une seule circonstance où, depuis l'affaire d'Alix de Bardonnanche, il eût préféré sa satisfaction personnelle à la gloire ou aux intérêts de son maître.

Confiant dans les dernières assurances des envoyés du duc de Bourbon, il avait engagé Humbert à se rendre précipitamment à Grenoble où se dirigeait, disait-on, la jeune fiancée. Humbert avait accueilli avec d'autant plus d'empressement ce conseil, que sa position était des plus embarrassantes. Le mauvais état de ses finances ne lui laissait que deux partis à prendre : se remarier ou abdiquer. La seconde de ces alternatives ne lui souriait en aucune façon, et, par une étourderie inexcusable, il avait ajouté aux immenses difficultés que lui présentait la première. Il avait d'abord juré à Marie des Baux expirante d'épouser Alix de Bardonnanche; mais Amblard de Beaumont lui ayant donné la fausse nouvelle de la mort de cette malheureuse femme, il avait bien vite prêté l'oreille aux propositions qu'on lui faisait de la part du duc de Bourbon; puis enfin, il s'était laissé prendre aux attraits d'Odette, et avait signé à cette jeune fille une promesse qui, pour être secrète entre elle et lui, n'en avait pas moins de valeur. Jeanne lui était indifférente, et il aimait Odette; son cœur l'attirait d'un côté, sa raison l'appelait d'un autre, et sa profonde piété était effrayée du parjure qui le menaçait, quelle que fût sa détermination. Une idée lumineuse vint pourtant à son secours :

— Berthold le bon clerc, pensa-t-il, doit aimer Odette, Odette m'est trop dévouée pour ne pas me rendre une promessse impossible à tenir; j'anoblirai Berthold; je fonderai des messes pour le repos de l'ame d'Alix; j'épouserai Jeanne, et, de nouveau riche et puissant suzerain, j'appellerai dans mon Dauphiné tous les arts, toutes les gloires de la savante Italie.

Amblard de Beaumont et Humbert étaient ainsi arrivés à Grenoble dans des dispositions différentes à l'égard du bon clerc, mais avec d'égales espérances sur l'issue des embarras politiques de la principauté. Le protonotaire éprouva le premier, et le soir même de son arrivée, un terrible mécompte. Cette Alix, dont il se croyait à tout jamais débarrassé, venait seulement d'être condamnée par la justice de l'évêque, et ne devait être exécutée que le lendemain.

— A quoi bon tant de cérémonies pour en finir avec cette femme ? dit-il au bailli qui lui annonçait cette nouvelle, monseigneur de Chissé ne m'a donc pas compris? Que demain, avant le jour, tout soit terminé; il le faut ainsi, vous le direz à M. le vicaire Faites chercher Guigues, le geôlier, je veux lui recommander moi-même sa prisonnière.

Le bailli obéit, et pour tâcher d'apaiser le protonotaire, il lui dit en rentrant :

—Enfin nous tenons Berthold; il a été arrêté ce matin pour cri séditieux pendant la proclamation des fiançailles de monseigneur le dauphin.

—Le chancelier, que nous avons rencontré ce soir près de Voreppe, et à qui monseigneur a donné l'ordre de continuer sa route jusqu'à Romans, n'a point parlé de cela ; il l'ignorait donc?

— Il le sait ; il n'a rien réclamé, et nous a de la sorte rétabli dans notre droit sur le bon clerc.

— Vrai Dieu! Guigues, s'écria le comte de Beaumont, en s'adressant au pauvre geôlier qui, pâle comme un mort, et ayant peine à se tenir, n'osait abandonner la portière qu'il venait de soulever, je te recommande le bon clerc! nous lui enverrons pour compagnons tous ces insolens bourgeois qui oublient que nous sommes leurs maîtres et seigneurs! Fais bonne garde, ou je te fais pendre haut et court à la porte de ta prison !

— Amen!... murmura Guigues en tombant sur ses deux genoux.

— Qu'est-ce? que veux-tu? lui demanda le bailli en s'approchant de lui.

— Le diable! je crois... oui, le diable, répondit le geôlier en joignant les mains et en regardant le protonotaire, a juré ma perte, monseigneur... La sorcière... la maudite sorcière...

— Tu en seras bientôt délivré ; ne t'en inquiètes pas, répliqua le comte impatienté.

— Elle m'a enlevé le bon clerc, acheva Guigues en gémissant.

— La sorcière ! le bon clerc! s'écrièrent en même temps le bailli et le protonotaire.

— Oui; ou bien c'est le bon clerc qui m'a emporté ma sorcière; je ne sais au juste...

— Tous deux échappés!

—Tous deux, répéta Guigues en secouant piteusement la tête, monseigneur le comte, ayez pitié de ma femme, ne me faites pas mourir! Monseigneur le bailli, je suis un bon et fidèle serviteur, s'il faut que je meure, faites que ce soit tout de suite. Mes chers enfans!... acheva-t-il, en se prosternant devant le protonotaire.

— Faites reconduire cet homme chez lui, dit sèchement le protonotaire au bailli qui fit relever Guigues, le conduisit jusqu'à la porte de la chambre, le remit à un archer et dit ensuite à Amblard :

— Berthold a probablement caché la sorcière dans la vieille tour Notre-Dame : si j'y envoyais?...

— Non pas, répondit le comte avec le plus grand sang-froid, la demeure du chancelier est inviolable en son absence, à moins d'une autorisation expresse du dauphin : respectons les priviléges d'autrui afin qu'on respecte les nôtres. J'aurai cette autorisation. Laissez-moi, et que le secret soit gardé sur tout ceci. Vous pouvez cependant en informer Mgr l'évêque, en lui recommandant la prudence.

Amblard, resté seul, réfléchissait profondément :

— Berthold!... ce jeune homme est partout sous mes pas... Oh, qu'il tombe en ma puissance!... Au fait, que m'importe, à présent, il ne peut plus rien..... Il faut qu'il se cache. Mais Alix..... Imprudente et téméraire Marie des Baux! ne connaissais-tu pas Humbert et son respect superstitieux pour le moindre vœu, pour la moindre promesse. Qu'il revoie Alix maintenant et il pardonnera tout, et il laissera Jeanne de Bourbon, et il créera u'a nouvel ennemi à son Dauphiné!... Cela ne sera pas. Odette aime Berthold, Berthold ne doit point avoir de secret pour Odette, j'effraierai cette jeune fille et...

— Monseigneur! pardon, monseigneur! criait Guigues, en accourant cette fois avec l'agilité d'un cerf; Berthold!... le bon clerc... l'excellent clerc... il est là... là bas à la prison... il est revenu!...

— Revenu? répéta Amblard de Beaumont stupéfait; qu'on le mette dans le cachot le plus profond et le plus sûr, reprit-il après un long silence, pendant lequel Guigues épiait avec anxiété les pensées diverses qui se reflétaient sur l'austère visage du protonotaire; va, et que personne sans mon ordre, ou sans celui de monseigneur le dauphin, ajouta-t-il en s'inclinant, ne pénètre jusqu'à lui. Maître Robert, le tourmenteur, acheva-t-il tout bas, saura encore mieux que la demoiselle Odette nous dire où est allée notre sorcière.

VI.

Le rendez-vous.

L'action de Berthold revenant se constituer prisonnier parut bientôt à Amblard de Beaumont beaucoup moins simple qu'il ne se l'était figurée d'abord.

Le malheur des hommes incapables de suivre la marche progressive de l'esprit public est de dépenser à tout rapetisser autour d'eux cent fois plus d'imagination qu'il ne faudrait de bon sens, sinon pour conjurer, du moins pour diriger l'orage. Les radicaux du quatorzième siècle devinaient très bien que se mettre sous la protection d'un suzerain puissant et opposé d'intérêts avec ses grands vassaux était le premier pas à faire vers la liberté. Ceux du Dauphiné appelaient donc de tous leurs vœux la réunion de leur pays aux domaines de la couronne de France.

Amblard, plus zélé qu'éclairé, ne voyait dans les manifestations qui trahissaient parfois ces dispositions secrètes que des complots isolés qu'il attribuait uniquement à des vues d'ambition personnelle. L'habitude qu'il avait ainsi contractée d'épier des intrigues là même où il n'en existait pas, ne lui permettait plus d'admettre l'explication la plus naturelle pour le fait le plus ordinaire. Il aurait su que Berthold était le fils d'Alix et connaissait sa mère, qu'il aurait encore cherché quelque autre motif à l'enlèvement de cette condamnée. L'amour, ou plutôt ce qu'il pensait n'avoir été qu'un passager caprice du dauphin pour Odette, et l'amitié, la reconnaissance que le bon clerc devait avoir pour cette jeune fille furent le canevas complaisant sur lequel il travailla toute la nuit pour arriver aux conclusions suivantes : Berthold est moins l'ami des bourgeois que l'instrument d'Odette; il s'est laissé mettre en prison afin de faciliter l'évasion d'Alix, qui l'a instruit de ses malheurs, et il n'y est revenu que pour dire avec plus d'autorité au dauphin : — Il n'est pas vrai qu'Alix de Bardonnanche soit morte; c'est elle qu'à votre insu on voulait brûler comme sorcière. Épousez Odette jeune et aimante, ou je vous mets aux prises avec Alix. Quoi que vous décidiez, au surplus, vous ne pouvez plus espérer la princesse Jeanne, et il vous faut accepter les offres de Philippe de France.

La peine que monseigneur Amblard avait eue à échafauder cet édifice ne lui avait pas laissé le loisir de s'assurer de sa solidité. Il péchait pourtant par la base. Berthold, en effet, aimait Odette, il ne songeait, point par conséquent, à l'imposer pour femme à aucun autre ; il n'avait fait, en délivrant la prisonnière dont il ignorait d'ailleurs encore le nom, qu'obéir à un devoir sacré, et il n'était revenu se livrer que pour dégager la responsabilité de Guigues. le geôlier, et avoir une occasion plus sûre d'en appeler au dauphin de la sentence de l'évêque. Le protonotaire, enchanté de ses prétendues découvertes, avisa aussitôt au moyen de les mettre à profit :

— Aux grands maux les grands remèdes, s'écria-t-il, tout doit céder devant la raison d'état : les priviléges de messire du Mas comme le reste. Alix sera exécutée aujourd'hui sans avoir vu monseigneur Humbert, Berthold, le clerc de satan, ne saura plus comment est faite la porte d'une prison, et nous ne verrons la damoiselle Odette pleurer, vieillir et prier Dieu pour nous tous dans quelque lointain monastère bien fermé, bien gardé... Alors la place sera libre, et je me charge de messieurs les bourgeois! Holà, maître Graindorge, monsieur mon secrétaire! cria-t-il en descendant de son lit dès qu'un rayon de jour eut coloré les vitraux de sa chambre, apportez ici votre meilleur parchemin...Non, non, nous déploirons du luxe dans cette affaire : apportez une feuille de papier ; il s'agit d'une ordonnance à préparer pour monseigneur le dauphin.

A la même heure, et presque dans le même moment, Humbert. plus matinal aussi que de coutume, appelait celui de ses douze nobles sergens d'armes qui avait passé la nuit de garde à sa porte :

— Sire de la Tour, faites entrer mes valets de chambre.

— Oui, monseigneur, répondit le sergent d'armes en lui présentant trois rouleaux de parchemin.

— Déjà les affaires ! s'écria Humbert de mauvaise humeur; je dois m'attendre à quelque fâcheuse nouvelle aujourd'hui, se dit-il tout bas; j'ai fait un rêve horrible : je n'ouvrirai certainement pas ces écrits avant d'avoir vu Odette. Pierre, dit-il au premier valet qui se présenta et s'empressa d'allumer la torche de cire dressée sur un candélabre au milieu de l'appartement, prépare la plus simple de mes robes et mon manteau le plus ample et le plus sombre. Tu me donneras aussi mon chaperon sans hermine et mon épée de voyage. Toi, Hugues, dépêche-toi de me raser, et quand tu auras fini, tu iras, sans rien dire à personne, te placer en surveillance vers le milieu de la rue Chenoise.

Les deux valets échangèrent à la dérobée un sourire d'intelligence, et ce sourire voulait dire : — Il est bien matin pour visiter la coquette fille du confiant chancelier.

Humbert, l'un des plus beaux hommes de son temps, était alors dans la 37e année de son âge et la 16e de son règne. Sa physionomie, où la douceur s'alliait à la gravité, avait à la fois de la franchise et de la finesse. Ses formes robustes, ses traits largement dessinés, ses grands yeux bruns, ses sourcils épais et se touchant presque, dénotaient en lui de la force et de la tenacité ; mais quand il souriait ou qu'il parlait, l'homme bon et même quelque peu faible se révélait à l'observateur, en même temps que certains airs de tête et des mouvemens vifs et décidés annonçaient le haut et puissant seigneur habitué à tout voir ployer sous sa volonté.

Lui aussi, il avait, comme Amblard, passé une nuit des plus agitées. La démarche qui l'amenait précipitamment à Grenoble n'était pas tellement facile qu'au moment de la tenter il n'éprouvât une involontaire défiance. Le temps pressait pourtant ; il ne pouvait s'exposer à mettre Jeanne en présence d'Odette. Son anxiété s'était continuée durant son sommeil, et, comme si ce n'était assez d'Odette et de Jeanne, l'ombre de la compatissante Marie des Baux était venue lui présenter celle d'Alix. A son réveil, et toujours poursuivi par les images de ces trois femmes, il n'avait eu que tout juste assez de courage pour maudire son crime d'autrefois, son amour d'aujourd'hui et les nécessités d'une exigeante politique. Il s'était enfin décidé à aller réclamer de la fille du chancelier l'imprudente promesse qu'il lui avait signée et il se disposait à partir, quand le protonotaire se présenta avec son projet d'ordonnance.

— Je ne pourrai donc jamais disposer de mon temps selon ma volonté! s'écria Humbert avec impatience. À plus tard les affaires, comte de Beaumont!

— Il en est qu'il serait imprudent de remettre, monseigneur.

— Allons!... Eh bien, voyons; faisons vite, reprit Humbert en se jetant dans son fauteuil.

— Votre seigneurie veut-elle qu'auparavant nous examinions ces pièces que voilà? reprit paisiblement Amblard en déroulant les trois parchemins remis par le sire de la Tour.

— Examinons; soupira le dauphin, en regardant le sablier qui lui semblait se vider avec une rapidité effroyable.

— Nous jetterons ceci au feu, si vous m'en croyez, dit le flegmatique Amblard, c'est une nouvelle supplique des bourgeois, à l'occasion des sommes qu'ils prétendent avoir payées à tort.

— Arrivé d'hier au soir, j'ai de leur prose ce matin: ces gens-là ne dorment donc jamais! que veulent-ils?

— Toujours la même chose : leur argent ou des franchises.

— Brûlez, comte, brûlez.

— Voici, monseigneur, une lettre de votre cousin, son altesse Philippe; il vous complimente, et vous annonce la visite du prince Charles, son petit-fils.

— Mon successeur désigné? répondit le dauphin en souriant péniblement, il vient ou trop tard ou trop tôt. Vous répondrez à Philippe, comte, sagement, discrètement, comme vous savez le faire.

— Quant à ceci, continua Amblard étonné de ces façons légères auxquelles il n'était point accoutumé, ce sont les comptes de votre trésorier.....

— Au feu, répliqua Humbert; au feu, avec messieurs mes bourgeois. Nous chercherons une autre fois un remède à tout cela.

— Le seul remède est la dot de Mme la princesse de Bourbon.

— Nous serons donc, s'il plaît à Dieu, très prochainement guéri.

— Vraiment, monseigneur, reprit le protonotaire en appuyant sur ses mots, croyez-vous que messire du Mas joue loyalement votre partie? Il a laissé le conseil delphinal adopter sur le contrat de mariage des conclusions pécuniaires qui pourraient servir de merveilleux prétexte à M. de Bourbon pour faire une nouvelle fois à vos dépens, sa cour à Philippe de France.

— Et vous aussi, Beaumont, vous voilà comme Me Brunier, parlant finances, toujours finances, à propos de Jeanne, à propos de Philippe, à propos de tout! Eh, par Notre-Dame! nous remettrons quand nous le voudrons bien, de l'ordre dans nos finances! Philippe se pense donc bien redoutable parce qu'une centaine de brouillons vont déclamant contre les charges qu'il nous plaît d'imposer à nos vassaux? Si M. de Bourbon nous faisait l'insulte que vous dites, comte, nous irions l'en châtier au fond de son duché; nous accepterions de l'empereur Louis de Bavière, notre ami, l'investiture qu'il nous a déjà offerte du royaume de Valence, et, de couronne à couronne, Philippe et moi nous nous entendrions mieux peut-être!... Si nos sujets sont ruinés, n'avons-nous pas les Juifs de nos terres? N'est-il plus en Orient de trésors à conquérir, et ne sommes-nous plus le capitaine-général du Saint-Siége!

— D'accord, monseigneur, et votre noblesse est prête à vous suivre encore; mais vos bourgeois?
— Si nos bourgeois remuent, qu'on pende les plus mutins, et les autres apprendront qu'on ne dit pas à un maître : Nous sommes las de vous!
— Signez donc cela, monseigneur, répliqua froidement Amblard en déployant son projet d'ordonnance ; signez, car vos bourgeois remuent, et le moment est venu de faire un exemple.
— Non, répondit Humbert subitement calmé et en repoussant, sans y jeter les yeux, le papier étalé devant lui, je ne commencerai pas ma journée par signer un arrêt de mort; cela porte malheur.
— En nous créant nobles, vous et moi, monseigneur, répliqua Amblard, Dieu nous a interdit la faiblesse. Nos terres sont à nous comme l'univers est à lui, et nous ne voyons pas qu'il souffre la révolte. De même que nous douterions de sa puissance s'il en était autrement, de même vos grands vassaux se vengeraient sur vous des atteintes que vous laisseriez porter à la vôtre.
— Parlez pour vous, sire comte, dit Humbert avec hauteur; si notre volonté contrariait la vôtre, nos grands vassaux nous aideraient, au besoin, à vous rappeler que vous nous avez prêté foi et hommage.
— Oui, monseigneur; mais vous avez juré d'être le gardien et le défenseur de nos droits. En manquant à votre serment, vous nous rendriez le nôtre; c'est moi, votre ami, qui vous le dis, et, vrai-dieu! je le crois tout comme je le dis. Signez donc cela, monseigneur, ou permettez-moi de quitter votre cour, de retourner à Beaumont voir si mes vieilles murailles n'ont pas quelque brèche par où se pourrait introduire le populaire...
— Enfin, que se passe-t-il donc? s'écria Humbert en lisant le projet d'ordonnance. Quoi! sire comte, vous voulez que j'autorise des perquisitions chez messire du Mas? Vous appelez mes sévérités sur l'un de mes plus dévoués serviteurs? Vous donnez à entendre que sa demeure peut recéler des rebelles : pourquoi ne pas les nommer? Serait-ce lui, par hasard, que vous entendriez désigner?
— Non, monseigneur, répondit le protonotaire contrarié de ces questions multipliées.
— Ces rebelles, monseigneur, moi, je vous les nommerai, dit Odette en écartant vivement la portière derrière laquelle elle attendait depuis quelques instans sans oser se montrer.
Humbert et Amblard de Beaumont s'avancèrent en même temps, l'un avec empressement, l'autre avec inquiétude, et tous les deux avec une égale surprise.
— Ne craignez rien, damoiselle, dit le dauphin en soutenant la jeune fille que son trouble faisait chanceler.
— Parlez, monseigneur y consent, ajouta Amblard d'un ton où se trahissait autant d'embarras que d'intention d'en causer. Il craignait, en effet, qu'Alix de Bardonnanche ne se fût fait connaître à Odette, et que cette jeune fille ne découvrît à Humbert le mensonge qu'on soutenait depuis deux ans au sujet de la mort de cette malheureuse femme.
— Merci, monseigneur, répondit Odette; puis, se tournant vers le protonotaire : C'est bien mal à vous, sire comte, dit-elle, de profiter de l'absence de mon père pour le desservir. Il ne saurait y avoir que deux rebelles chez lui; déjà vous vous êtes assuré de l'un, et je venais à l'instant réclamer sa liberté de la justice de monseigneur le dauphin; quant à l'autre, il n'est besoin de cela pour l'arrêter, continua-t-elle en prenant hardiment sur la table le projet d'ordonnance qu'elle présenta à la flamme de la torche, me voilà, monseigneur! s'écria-t-elle d'un petit air mutin, en s'adressant à Humbert émerveillé. Si je mérite châtiment, ordonnez

de moi selon votre bon plaisir; mais auparavant permettez-moi de plaider ma cause... et... de ne le faire qu'en votre présence.

— La damoiselle Odette verra sans doute sa requête plus favorablement accueillie que mes sévères conseils, et je n'ai probablement plus qu'à lui céder la place? répliqua Amblard, secrètement rassuré par la prudente réponse de la jeune fille, et impatient d'aller, sans s'inquiéter davantage de l'autorisation du dauphin, à la recherche de la prétendue sorcière.

— Ce n'est pas moi, sire comte, c'est elle qui l'exige : laissez-nous, lui répondit Humbert, de ce ton qui de la part d'un souverain est plus impératif dans sa forme affectueuse que celui de l'absolu commandement.

— J'ai dit sans ménagement toute ma pensée à votre seigneurie, répliqua le protonotaire en s'inclinant : les bourgeois complotent ; résistez ou cédez, ce sera toujours bien pour moi, j'aurai fait mon devoir.

La portière retombait à peine derrière lui, qu'Odette se précipitant aux pieds d'Humbert, s'écriait :

—Merci, monseigneur, merci ! je puis maintenant parler en toute liberté .. Berthold est innocent! Oh! rendez-moi Berthold !...

Ce nom, ainsi jeté avec entraînement et sans préparation, fit tressaillir Humbert. En voyant tout à l'heure cette jeune fille, pénétrer chez lui, discrète et parée de ses plus beaux atours , sa vanité s'était émue. Elle vient, avait-il aussitôt pensé, me reprocher mes fiançailles, me rappeler nos amours... et voilà qu'au lieu d'une jalouse exclamation, il n'entendait prononcer que le nom d'un rival !

Odette aussi avait senti renaître son trouble; et si la terreur dont l'avait pénétrée l'aspect inattendu d'Amblard, le persécuteur de Berthold et de la mère de Berthold ne l'avait encore agitée, elle aurait, dès ce moment reculé devant la tâche qu'elle s'était imposée.

— Je pensais, lui répondit sérieusement Humbert, je pensais qu'inquiète de l'absence de votre père...

—Inquiète de mon père?...Oh! non, monseigneur, je viens d'apprendre que vous l'avez chargé de suivre de graves intérêts....

— Mais ce Berthold enfin qui vous occupe si fort... Vous avez entendu le protonotaire... Il se passe des choses... Tout mon désir de vous plaire peut ne pas suffire... Qu'a-t-il fait ce Berthold, ce beau parleur dont l'éloquence vous a fascinée, il paraît ?

— Monseigneur, répondit Odette en baissant les yeux, il a eu le malheur... de rire...

— De moi? l'insolent!

— Ah! vous ne le croyez pas!... répliqua la jeune fille; mais... probablement... de la façon dont M. le hérault d'armes faisait hier le cri public de vos royales fiançailles, acheva-t-elle avec une malicieuse ingénuité.

Humbert se mordit les lèvres :

— Ainsi, vous n'êtes venue à moi que pour me parler d'un autre que moi?... Que m'importe Berthold?

— Il m'importe beaucoup à moi, monseigneur! Aucune princesse ne m'a encore disputé son amour, répartit Odette enchantée d'avoir décoché ce trait qui dépassa le but. Le dauphin s'affectant de ce qu'elle ne semblait pas tenir compte des souffrances intérieures qu'il éprouvait, se retrancha dans sa dignité de suzerain, et s'efforça de voir sans jalousie une rivalité qu'en définitive il avait désirée. Le retrait de sa malencontreuse promesse de mariage lui revint alors en mémoire.

— Je suis prince, se dit-il à lui-même, je ne puis, en vérité, poser ma couronne delphinale sur le front de la fille d'un messire du Mas. J'aurais hésité hier, mais aujourd'hui c'est différent... S'il lui reste un peu d'amour pour nous, profitons-en, mais sans autre conséquence.

Odette, de son côté, se disait en luttant à la fois contre ses anciennes illusions et son amour d'aujourd'hui :

— Que n'est-il Berthold, ou que ne suis-je la princesse de Bourbon ! Hélas! hélas! Alix a cru aux sermens d'Humbert tout comme j'y croyais, et il la trompait, tout comme il m'aurait trompée moi-même : ne pensons plus qu'à elle et qu'à Berthold.

Une fois affermis l'un et l'autre dans ces secrètes dispositions, ils s'abordèrent avec une égale adresse. Humbert s'aperçut bientôt cependant que, pour arriver à redemander sa promesse de mariage, il lui faudrait exprimer des sentimens peu propres à servir ses galans projets : il pensa qu'Odette ne pouvait avoir, dans tous les cas, apporté son précieux titre avec elle, et que mieux valait réserver pour une autre occasion une attaque qui ne pouvait avoir, en ce moment, aucun bon résultat. Il abandonna donc ce point, et se livra sans réserve à toute sa verve chevaleresque. C'était où l'attendait Odette.

— Eh bien, monseigneur, dit-elle en souriant avec finesse, vous voulez que je croie à votre amour, j'y crois, et je vous plains, car.. moi...

— Vous ne m'aimez plus ?

— Monseigneur !...

— C'est pour vous, pour vous seule que je suis revenu pourtant.

— Vous oubliez vos fiançailles...

— Eh! laissons là ces tristes affaires d'état.

— Vous m'écriviez hier, monseigneur, que ces fiançailles n'étaient qu'une ruse ; aujourd'hui elles sont vérité... A quoi bon ce mensonge ?

— C'est vrai, à quoi bon ! pourvu que je sois tout à toi, pourvu que tu sois tout à moi !

— Monseigneur, vous oubliez mon père! répliqua la jeune fille en se reculant avec fierté.

— Et si je t'accorde...

— La liberté de Berthold ?

— Oui.

— Ecrivez donc, dit-elle en lui présentant ce qu'il fallait pour cela.

Et quand Humbert eut écrit, il se pencha pour dérober un baiser à la jeune fille qui se retira brusquement en arrière, agita la sonnette et dit au sergent d'armes qui se présenta soudain.

— Qu'on exécute à l'instant même cet ordre de monseigneur le dauphin.

— Odette, reprit Humbert, tu ne m'aimes plus !...

— Ce soir, balbutia-t-elle en rougissant ; je vous le dirai ce soir.

— Ce soir !...

— Après le feu de joie... quand il n'y aura plus de curieux dans la rue... je vous attendrai... venez seul....

— J'irai ! par Notre-Dame !... j'irai !... s'écria le dauphin transporté.

— Un message de monseigneur l'évêque ! dit un page en soulevant la portière et en introduisant un bedeau qui remit un parchemin scellé du sceau de St-Hugues, et s'éloigna.

— Qu'est-ce à dire, damoiselle ? s'écria Humbert en s'adressant à Odette troublee, Berthold s'est permis d'entraver la justice de monseigneur l'évêque. Il fait évader les sorcières ! Il les cache chez vous peut-être ?

— A ce soir, monseigneur, répondit la jeune fille en se retirant lentement afin de dissimuler le trouble dont elle était saisie.

VII.

Nobles et Bourgeois.

L'ordre de la mise en liberté de Berthold reçut son exécution au moment même où Amblard de Beaumont, précédé de Graindorge, son secrétaire, de Guigues, le geôlier, et de maître Robert, le tourmenteur, se rendait au cachot où le bon clerc attendait qu'on le fît comparaître devant monseigneur le dauphin. Berthold, surpris presque autant qu'Amblard de la prompte faveur dont il était l'objet, n'abusa point de ses avantages : Pardonnez encore ce petit succès à Odette, monsieur le comte, dit-il; puis, sans prendre le temps d'aller remercier Humbert, il courut à la tour Notre-Dame revoir sa mère et s'informer des circonstances auxquelles il devait son élargissement.

Le protonotaire, découragé, fut tenté un instant de cesser la lutte qu'il soutenait contre ce qu'il appelait l'incurable faiblesse de son suzerain La résistance que le clergé et la noblesse avaient d'abord fait pressentir contre le traité entre le dauphin et Philippe de Valois semblait s'être usée dans les diverses alternatives subies par les négociations du mariage avec Jeanne de Bourbon ; le comte seul ne voulait pas encore désespérer de la vieille féodalité dauphinoise. Il eût cédé ses terres plutôt que d'approuver le mariage d'Humbert et d'Alix de Bardonnanche, la fille d'un rebelle, et il eût nié la lumière plutôt que de reconnaître autour de lui la présence de l'or et des intrigues de Philippe. Grand dans ses intentions, petit dans ses moyens d'action, il croyait fermement que le succès de sa cause dépendait de la disparition d'Alix et du silence de Berthold, l'orateur des bourgeois pressés de devenir Français. Odette même ne trouvait point grâce devant lui : assez puissante déjà pour obtenir la liberté de Berthold, elle pouvait l'être encore pour abuser de la folle passion que son maître paraissait ressentir pour elle. Il l'enveloppa dans la même proscription, et profita, pour s'entendre sur ce point avec ceux de ses amis en qui il avait le plus de confiance, de l'occasion du festin qu'Humbert donnait pour célébrer tout à la fois ses fiançailles et son retour dans sa capitale.

On n'était pas non plus resté oisif chez le chancelier. Odette, fort gênée par la défense que lui avait encore renouvelée Alix de faire connaître à Berthold à qui il devait la liberté, avait dû se résigner à une vulgaire querelle de jalousie pour obtenir de la colère de Berthold ce qu'elle ne pouvait demander à sa confiance : la liberté pour l'heure où elle attendait Humbert. Alix, de son côté, l'avait adroitement secondée, de sorte que le pauvre jeune homme, maltraité par sa mère et par son amie , en prit en plus belle haine son rival le dauphin.

— Il t'a souri, et voilà que de nouveau la tête te tourne, dit-il amèrement ; tant pis pour lui, Odette, et tant pis pour toi ; mieux aurait valu pour tous deux me laisser en prison ; la supplique que les bourgeois rédigent chez Chalamel, le gantier, en aurait été moins vive et moins hardie. Adieu, et si je suis encore arrêté n'en prends aucun souci, réserve à l'avenir ton crédit pour ton père et pour toi. Et il s'éloigna sans daigner s'appercevoir des larmes qui roulaient sous les paupières de la jeune fille.

La soirée qui s'approchait était grosse d'événemens. Seigneurs, bourgeois et populaire, tout s'agitait dans la ville, les uns chevauchant vers le palais Delphinal, les autres se rendant un par un à l'obscure demeure de Chalamel, et les derniers vociférant et courant de la Tour Rabot à la place Notre-Dame et de la place Notre-Dame à l'église Saint-Laurent pour examiner les apprêts des magnifiques feux de joie. La gaîté régnait au palais, car le bruit s'était répandu que la princesse de Bourbon s'avançait vers Grenoble conduite par messire du Mas. Cette nouvelle confirma Aimblard et ses amis dans leurs projets contre Alix, Odette et Berthold et fit chancheler dans sa foi en l'étoile de la France, Pierre de Salvain, sire de Boissieu, celui-là même à qui Philippe, en récompense de ses bons offices en cette occurence, octroya, depuis, la permission de parer son écu d'une bande d'azur chargée de trois fleurs de lys d'or.

Humbert, stimulé, par l'approche de Jeanne, comptait avec impatience les instans et aurait déjà voulu être auprès d'Odette, bien moins maintenant pour lui parler d'amour que pour ravoir son inquiétante promesse de mariage. Enfin la nuit vint, et avec la nuit l'heure du festin.

Une longue table circulaire avait été dressée, à cet effet, dans le fond de la salle pour le dauphin, ses comtes, ses barons et bannerets; une autre, du côté de la porte, était destinée aux chevaliers et à ceux qui en avaient le rang. Toutes les deux ployaient sous le poids d'une argenterie éblouissante que maître Rollet, le sommelier, couvait de son vigilant regard. Un grand nombre de vases précieux contenant les meilleurs vins du Rhône, et une grande coupe en vermeil émaillé, et marquée au pied d'un écusson aux armes des chevaliers de Saint-Jean-de-Jérusalem, indiquait la place du dauphin. Une autre coupe, non moins belle, et portant cette inscription : « Joie de l'âme ; bien des pauvres, » — était destinée à l'évêque, monseigneur de Chissé, qui, piqué du peu d'empressement qu'on avait mis à faire rechercher la sorcière, s'abstint de paraître; puis, venaient sans nombre des aiguières, des gobelets, tous divers de forme, mais riches par l'art et la matière, et presque tous offerts par le pape Clément VI à son fils chéri, son vaillant capitaine-général. Rien n'avait été négligé par le grand-maître du palais pour donner de l'éclat à cette fête improvisée. Frère Ricon, le maître de chapelle, caché avec son orchestre dans une espèce de tribune, faisait exécuter de temps en temps ses plus brillans motets.

L'étiquette inventée par les empereurs d'Orient était minutieusement observée dans une cour où, jusqu'au menu des repas de chaque jour de la semaine, tout était l'objet d'une inflexible prescription réglementaire ; mais de tous les bas officiers celui à qui cet excès d'ordre imposait la tâche la plus difficile, était sans contredit maître Armand Petitpas qui chargé de dresser les plats qu'on devait présenter, soit devant une personne, soit devant deux, soit devant quatre, suivant le rang plus ou moins élevé des convives, devait encore posséder un savoir héraldique fort remarquable pour ne mettre dans chacun de ces plats que la quantité proportionnelle afférente à chaque degré de la hiérarchie nobiliaire : un comte était censé pourvu d'un estomac double de celui d'un baron qui, lui-même, avait le droit de manger deux fois autant qu'un simple chevalier.

Quand tout fut prêt, quant aux quatre angles de la salle eurent été allumées d'énormes torches de cire et, devant chaque assiette, une petite bougie de la grosseur d'un doigt, le cortége se mit en marche. Les huit sergens d'armes de service se placèrent, ainsi que le fauconnier, portant au poing le faucon favori, derrière le siége d'Humbert, qui s'assit, ayant à sa droite le protonotaire, à sa gauche l'amiral de ses flottes, plus loin le maréchal de ses armées, plus loin encore le grand-maître de ses machines et engins de guerre, et enfin tous ceux de ses grands vassaux présens dans sa bonne ville de Grenoble. Un observateur aurait deviné, au soin que le dauphin avait apporté à son galant costume, qu'il s'était préparé pour autre chose qu'une représentation officielle. Il portait, en effet, sous un ample manteau de drap violet garni de fourrures précieuses, une robe de velours bleu de ciel et des brayes en soie blanche, qui, ainsi que les bottines en maroquin rouge, la robe et le ceinturon soutenant une épée à la poignée en croix, étaient rehaussés d'une broderie en or. Une longue plume blanche, retenue par un rubis sur le devant d'une toque en velours noir, ondulait au dessus de sa tête. Odette ne devait pas lui pouvoir résister.

Les bourgeois assemblés pendant ce temps chez le gantier Chalamel n'avaient à leur disposition ni les capiteux vins du Rhône, ni les somptuosités d'un souper, et pourtant le bruit qui s'élevait de la salle où ils étaient enfermés prouvait qu'ils étaient beaucoup plus animés et beaucoup plus communicatifs que les nobles convives de leur souverain. Le rôle de Berthold n'était pas moins difficile que celui d'Humbert. Il fallait au bon clerc autant d'art et de prudence pour ménager les amours-propres qui l'entouraient que le dauphin avait besoin de circonspection pour dissimuler son ressentiment de l'absence d'un ingrat prélat.

La question à l'ordre du jour chez Chalamel était palpitante d'intérêt. Berthold, après de longs efforts, avait réussi à démontrer l'inutilité d'une nouvelle supplique et l'inconvenance de s'obstiner à dire au dauphin :

— Nous savons que vous ne vous marierez pas ; il vous faudra abdiquer ; écoutez donc les doléances de vos fidèles communes ; payez-les, ou ne les cédez pas à la France avant que d'avoir augmenté leurs franchises.

Il avait démontré qu'il était préférable de laisser, quant au mariage, les choses suivre leur cours, sans paraître y intervenir, mais de préparer un projet de Charte ou de Statut, dont la présentation en temps opportun n'aurait rien d'offensant pour Humbert, qui l'adopterait au contraire d'autant plus volontiers qu'il aurait ainsi un plus facile moyen d'acquitter ses dettes. Cette proposition était trop sage pour être admise sans opposition. Quelque gage qu'un homme ait donné à son parti, il suffit de la moindre circonstance pour lui en faire perdre le mérite. Le bon clerc, emprisonné la veille et remis en liberté le matin, était devenu, à cause de cela, l'objet des méfiances de plus d'un bourgeois qui combattait maintenant un à un les articles d'un projet qu'il eût voté d'enthousiasme quelques jours auparavant. Un bruit, qui à la vérité ne circulait encore parmi que un très petit nombre des assistans, ajoutait à cette fâcheuse disposition : on parlait d'Odette et de jalousie, de sorcière et d'évasion. Berthold, s'apercevant qu'il n'était plus écouté avec la même confiance, crut pouvoir s'en plaindre, et cette maladresse faillit tout compromettre.

— Vous nous la donnez bonne, sire Berthold, s'écria l'un des opposans, pensez-vous que nous ne voyons pas bien que dans votre fameux Statut vous vous inquiétez beaucoup plus des nobles que des bourgeois ?

— Qui dit cela ? s'écrièrent à leur tour les amis du bon clerc.

— Pas de faux frère ici ! ajouta un autre plus véhément, nous ferons nos affaires nous-mêmes, si les beaux yeux de la demoiselle Odette vous ont ôté le libre usage de votre raison !

— Permettez, maître Hugon... répliqua Berthold interrompu aussitôt par des cris confus :

— C'est vrai !

— Ce n'est pas vrai !

— C'est vrai !

— C'est si vrai, cria d'une voix glapissante un petit homme, c'est si vrai, que le chancelier, messire Guillaume du Mas, est convenu avec moi d'avoir promis sa fille à Berthold, à condition que celui-ci nous donnerait le change sur nos intérêts ; monseigneur le dauphin le sait bien.

Un infernal tumulte suivit cette apostrophe. Le bon clerc fut sur le point de faire sentir à l'effronté menteur la pesanteur de son poing, mais il se contenta de le secouer rudement et de le faire cheoir sur le plancher. Quand les éclats de rire provoqués par ce ridicule incident furent apaisés, il se trouva que les esprits étaient en de tout autres dispositions, et

Berthold put dire tranquillement à maître Hugon, son premier interrupteur :

— Si monseigneur le dauphin de Viennois était comme vous, maître Hugon, simple bourgeois de cette ville et chamoiseur de son métier, je lui parlerais fort peu des nobles et beaucoup des bourgeois, surtout des chamoiseurs, soyez-en sûr...

— Pas de personnalités! crièrent ceux qui en avaient tout à l'heure donné l'exemple.

— J'y consens, répliqua le bon clerc. Voyez donc que Dieu a fait les nobles, et que vous ne pouvez détruire l'œuvre de Dieu, et que tout ce qui est bien, tout ce qui est permis, c'est de faire en sorte que les nobles se départissent en notre faveur de plus de droits qu'il sera possible. Notre projet de Statut flatte leur vanité? C'est vrai; il sert leurs intérêts pécuniaires? C'est encore vrai! Mais prenez donc garde qu'intérêt et vanité trompent les plus clairvoyans, et qu'en définitive c'est un noble que monseigneur Humbert!...

Ici le tumulte recommença plus effroyable qu'auparavant.

—C'est cela! bravo! criaient les amis de Berthold, d'ailleurs en majorité

—Oui! c'est cela! répondaient les autres, et maître Hugon, plus haut que tous, c'est parler comme il faut pour monseigneur Humbert, et c'est nous qui paierons la liberté de la sorcière!... Qu'avez-vous fait, sire Berthold, de la sorcière de monseigneur l'évêque?

—Ne répondez pas!

—Parlez! parlez!

—Non! non!

—Cette sorcière, répondit Berthold pâle et tremblant d'indignation, celle qui a été injustement condamnée comme sorcière.,.

—Rendez-la! Point de pacte avec les démons!

—Point de querelle avec le clergé! rendez-la!

—C'est ma mère!

—Sa mère!... répétèrent quelques-uns des bourgeois en le considérant avec une sorte de terreur.

—Ma mère, aussi bonne chrétienne que vos mères, que vos femmes, que vos sœurs; meilleure chrétienne que vous et moi qui nous rebellons tandis qu'elle souffrait patiemment, acheva résolument Berthold.

— Bien dit! bien dit! s'écrièrent ses amis en se serrant autour de lui.

— Quant à la damoiselle Odette, reprit-il encouragé par ce premier succès, son cœur est grand et généreux, messeigneurs, et sa main ne se gagne pas au prix d'une bassesse!

Les oreilles de la fille du chancelier durent lui tinter bien fort, car elle était aussi dans le même moment le sujet d'une discussion à la table du dauphin.

Le protonotaire, en dépit de ses belles résolutions de discrétion, n'avait pu résister à sa rude franchise : un des convives ayant, à dessein ou par mégarde, hasardé quelques mots à propos de l'évasion de la sorcière, il se tourna vers Humbert et lui dit :

— Vrai dieu! monseigneur, la damoiselle Odette peut à présent se croire tout permis.

Humbert eut le tort de ne pas imposer aussitôt silence sur ce point, et ce fut à qui des seigneurs, jaloux de la fortune de messire du Mas, se permettrait sa jolie mais impitoyable épigramme sur la damoiselle Odette, sur sa petite ambition, sur celle de son père, et calomnierait enfin avec art et avec grâce les amours de la jeune fille et du mystérieux jeune homme élevé auprès d'elle.

— Votre Seigneurie, reprit Amblard sans savoir y mettre de finesse, s'est, pour le moins, montrée rival très généreux. Plaise à Dieu qu'il ne lui en coûte rien !

—Assez, comte! répliqua sévèrement Humbert, atteint dans son amour-propre ; et, haussant la voix, afin d'être entendu de tous, il ajouta : Le joyeux temps n'est plus où nous nous inquiétions d'un rival, et la fille de notre féal chancelier messire du Mas n'aurait voulu en aucun temps nous causer pareille crainte : elle est sage autant que belle; notre devoir est de le proclamer et de la faire respecter.

— Et Berthold est sage aussi ?... et la sorcière est respectable aussi ?... grommela le protonotaire blessé de cette remontrance indirecte.

— Eh quoi ! s'écria Humbert en se levant et en frappant avec colère sur la table; sommes-nous donc en tutelle que nous devions compte de nos volontés à quelqu'un ?

Un silence profond se fit à l'instant dans la salle du festin. Le seul Amblard de Beaumont osa le rompre :

—Dieu nous garde, monseigneur, d'interroger vos volontés souveraines, ce serait donner à nos propres vassaux le droit d'interroger les nôtres, et dans nos terres, nous sommes souverains aussi, sauf la foi et l'hommage que nous vous devons et rendons.

—Amen, amen, répondirent plusieurs voix s'enhardissant l'une l'autre.

— Comte, nous vous remercions de vos services, nous ne voulons pas deux maîtres dans nos états. Vous nous rendrez les sceaux.

— Que votre volonté soit faite, monseigneur, répliqua Beaumont en reculant de quelques pas ; mais celui à qui vous confierez les hautes fonctions que je quitte sans regret, s'il est votre ami, vous demandera comme moi le châtiment de ce mystérieux jeune homme appelé Berthold le bon clerc, violateur des droits de monseigneur l'évêque, et celui de la damoiselle Odette, recéleuse de sorcière : j'en fournirai les preuves.

Humbert sentit son cœur se serrer, quand, en parcourant du regard le petit nombre de seigneurs qui avaient osé ne pas quitter la salle dès le début de cette scène , il n'aperçut que des visages froids et mécontens ; un sourire de pitié effleura ses lèvres.

— Ils nous seront plus dévoués le jour de notre mariage , le jour où nous redeviendrons puissant, se dit-il tout bas. Adieu, messieurs, reprit-il à haute voix; demain, comte, nous vous ferons connaître notre volonté et votre successeur. Sire de Briord, ajouta-t-il en s'adressant au bailli du Graisivaudan , vous prendrez notre place aux feux de joie ; d'autres soins nous retiennent au palais ; nous ne sortirons pas !

Le bailli et tous les seigneurs s'inclinèrent , lui ouvrirent silencieusement passage et se retirèrent, excepté Amblard de Beaumont qui, se voyant seul, laissa éclater sa douleur.

— Je l'ai offensé... Il me croit son ennemi à présent. Vingt ans d'amitié sont oubliés en un moment!..... Qu'il donne à un autre ma place en son conseil, tant mieux ! Mais son amitié !... Je l'ai méritée ! je la veux !.. Vrai Dieu ! s'écria-t-il après un long silence , je le servirai malgré lui; je suis encore protonotaire jusqu'à demain... Odette, Berthold, Alix, j'ai encore le temps de le débarrasser de tout cela!

VIII.

Le feu de joie.

Jamais nuit d'hiver ne se présenta plus favorable pour un feu de joie Une neige épaisse était tombée pendant toute la journée ; un ciel pur et

3.

étincelant d'étoiles répandait comme un doux crépuscule ; le moindre bruit se propageait rapidement au travers d'une atmosphère raréfiée. De sorte que du pied de la tour Rabot on entendait les cris du populaire affluant par la montée de Chalemont, aussi distinctement que le concert exécuté par les carillons des paroisses et les cloches des monastères, tantôt se répondant et tantôt se confondant en un chœur d'une mystique allégresse.

Vue de cette hauteur, à cette heure et sous ce grave et triste aspect, la vieille cité, moitié allobroge, moitié romaine, circonscrite alors entre la place de la Simaise, la tour, encore debout proche l'église St-André, le bout de la rue Pertuisière, le cloître Notre-Dame, l'extrémité de la rue du Bœuf et l'église St-Laurent, et abritée du couchant par la montagne d'Essonne qui avançait sa croupe arrondie jusque dans la rivière, à l'endroit où, depuis, ont été taillées la route et la porte de France, ressemblait à un ours blotti dans un recoin de rocher. Les quatre clochetons et la lourde flèche St-André, le clocher de la cathédrale, celui de la paroisse St-Jean et la vénérable tour de garde habitée par Berthold, se dressaient comme de vigilantes sentinelles au-dessus de l'amas de toits dont les formes capricieuses étaient dissimulées sous l'épais tapis de neige qui les nivelait à l'œil. Rien ne faisait pressentir dans cet étroit et maussade nid féodal la gracieuse capitale affectionnée, plus tard, par Lesdiguières ; tout y était froid et monotone durant cette nuit du 16 décembre 1349, si ce n'est l'esprit et le cœur de ses spirituels et généreux habitans préludant aux glorieuses hardiesses de leurs arrières-neveux.

Une foule nombreuse d'hommes, de femmes et d'enfans, à qui l'attente d'un spectacle aussi rare que celui d'un feu de joie présidé par leur seigneur et maître ne faisait pas oublier le froid qui les pénétrait, s'ébattait à l'entour des barrières gardées par les archers du bailli de Graisivaudan. Des groupes erraient à l'écart, recueillant avidement les bruits que répandait chaque nouveau venu sur les délibérations de l'assemblée tenue chez Chalamel. La proposition faite par le bon clerc de renoncer à des réclamations pécuniaires et de travailler à obtenir en échange de cet apparent sacrifice, un accroissement de franchise, ne plaisait pas également à tous les esprits qui, tous n'étaient pas à la hauteur des questions soulevées par le projet de Statut, adopté, en définitive, par l'assemblée. La popularité du bon clerc aurait peut-être succombé dans cette lutte entre les intérêts moraux et les intérêts matériels, si l'attention des bons bourgeois n'en avait été distraite par l'histoire de la sorcière et par celle de sa mise en liberté accordée par Humbert aux sollicitations de la fille du chancelier du Mas.

La nouvelle que Berthold avouait pour sa mère une femme qu'on savait avoir été condamnée au feu par la justice de l'évêque, produisit d'abord un effet extrêmement fâcheux ; mais cette première impression s'affaiblit peu à peu, et on arriva à conclure que la plus grande impiété de cette femme, et que son titre le plus positif à la réprobation de ses juges ecclésiastiques pouvaient bien n'être que d'avoir donné le jour à un jeune homme plus savant qu'eux et ardent à prendre la défense des pauvres serfs et des ignorans.

Berthold, mis en liberté par Humbert, son rival, offrait un texte plus facile aux interprétations des adversaires du Statut. La connivence du bon clerc, du chancelier et du dauphin pour donner le change au mécontentement public, et aussi la coquetterie de la damoiselle Odette, accusée par les mauvaises langues du pays, fournissaient de trop probables explications sur les obscurités de cette affaire pour ne pas trouver créance chez un grand nombre ; mais il y en avait aussi, et ceux-là formaient la majorité, qui, persévérant dans leur estime pour le bon clerc, niaient qu'il pût tremper dans une odieuse intrigue, et repoussaient de toutes leurs forces les atteintes portées à la réputation de la plus sage et de la plus belle de toutes les jeunes filles du Dauphiné. Si bien que la sorcellerie d'Alix finit par trouver des incrédules, et la prétendue coquetterie d'Odette des approbateurs.

Le temps s'écoulait cependant. L'heure fixée par Humbert pour la cérémonie était passée. Les torches disposées autour du bûcher étaient près de s'éteindre, et le froid toujours plus vif avait contraint les archers à observer moins rigoureusement leur consigne.

— Ces fagots de malheur ne flamberont donc jamais! criaient quelques uns des assistans.

— Monseigneur le dauphin attend-il donc Mme la princesse Jeanne?

— Vous verrez qu'il en sera du feu de joie comme de ses noces.

Enfin une colonne de fumée s'elevant dans la direction de l'église Saint-Laurent fit pousser des cris d'impatience aux pauvres morfondus de la montagne d'Essonne.

— Le feu! voilà le feu là-bas! allumez ici! cria la foule.

— Non! non! répliquèrent des jeunes gens en parcourant les groupes avec une sorte d'inquiétude, voilà encore du monde sur le pont de bois: c'est monseigneur qui vient; attendons, attendons!

— Je n'aperçois que bien peu des nôtres, dit à demi-voix l'un d'eux à son voisin, il a été convenu pourtant que nous ne manquerions pas cette occasion de nous concilier monseigneur Humbert.

— Berthold parlait encore lorsque j'ai quitté l'assemblée.

— Un beau discoureur, ma foi!

— Tu n'as de confiance en personne.

— Je suis de l'avis de maître Hugon: les seigneurs ne relâchent pas leurs prisonniers sans de bons motifs. Tous les bâtards sont fils de nobles, vois-tu, et tous les nobles se tiennent. Vous autres, bonnes gens, vous vous laissez prendre à de belles paroles, et, en attendant, Mme la princesse Jeanne arrive, et rien ne sera fait.

— Qui vous a dit qu'elle viendrait jusqu'ici! répondit doucement Berthold survenu tout à coup; demandez donc votre argent qu'on ne peut vous donner, maître Borel; révoltez-vous donc ouvertement et nous verrons si quand vous serez au bout d'une potence vous aurez fait beaucoup mieux que moi, acheva-t-il en s'éloignant suivi de ses amis, moins indifférens que lui à l'attention générale dont ils étaient l'objet.

La protestation de ceux qui voulaient qu'on attendît le dauphin avait été inutile. Les barrières et le bûcher avaient été démolis, dispersés en un clin d'œil et brûlaient çà et là à la grande satisfaction du populaire et des archers. Ç'avait été aussitôt un bruit à ne pas s'entendre, mais dès que parurent Berthold et ses amis l'ordre et le silence se rétablirent comme par enchantement et tous les regards se dirigèrent vers l'endroit que le bon clerc semblait avoir choisi pour être mieux en vue.

Sa mâle physionomie était empreinte d'une singulière expression de tristesse. Ce jour avait vu son plus beau triomphe, mais aussi la première menace adressée à sa popularité: le dépit, la crainte et l'amour le troublaient à la fois. En vain le cortége qui le suivait, en vain la foule qui l'entourait et le pressait semblaient-ils lui appartenir et n'attendre qu'un mot, qu'un signe pour lui obéir: il n'avait plus foi en lui-même. Les accusations portées contre lui chez Chalamel résonnaient encore à son oreille, et il croyait lire, sur tous les visages, de la défiance pour le bien-aimé de l'inconstante fille de messire du Mas, et du mépris pour le fils d'une sorcière.

A peine était-il arrêté depuis un instant au milieu de l'enceinte où s'élevait auparavant le bûcher, et qui ressemblait alors à un bivouac désordonné qu'une jeune fille accourt, se précipite dans ses bras et lui dit, haletante :

— Berthold... le protonotaire... ta mère!... on emmène ta mère!.. sauve ta mère!

Une acclamation immense répondit à ce cri déchirant :

— Amen! amen! en avant!... Et déjà tout s'ébranlait.

— Une sorcière! dit une voix sardonique; et à ce mot terrible, tout s'arrêta.

— A moi! mes frères, mes amis! s'écria Berthold hors de lui en soutenant la jeune fille évanouie ; toi, Jean Rochas, et toi, Pierre Gagnon, veillez sur la damoiselle Odette ; emmenez-la ; je vous la confie! Oui! reprit-il d'une voix éclatante en s'adressant à ceux qui l'entouraient! oui! cette sorcière, c'est ma mère, et vous m'aiderez à l'arracher à ses bourreaux!

— Une sorcière! répéta la même voix qui déjà avait fait entendre ce cri de réprobation.

— Approchez-vous, maître Hugon, ne vous cachez pas comme un lâche; je vous ai reconnu, vous, mon ennemi, vous, l'ennemi des bourgeois et de tous ceux qui nous écoutent ici!

Berthold, monté sur un fragment de roche et dominant ainsi la foule qui hésitait autour de lui, Berthold, éclairé par les rougeâtres lueurs du foyer voisin, ressemblait au démon de la révolte :

— A moi! à moi! s'écria-t-il, en agitant d'une main son poignard, et en montrant de l'autre la montée de Chalemont, par laquelle s'échappaient les femmes, les enfans, effrayés d'avance du tumulte qui allait suivre; ils ont condamné ma mère, parce qu'elle était pour eux comme un remords vivant. L'esprit qui m'anime est le sien. Je suis sorcier aussi, moi, le bon clerc, que vous venez tous consulter, qui connais vos misères et vous apprend à les soulager! A moi! frères, à moi!... Si dorénavant vous marierez vos filles sans l'humiliante permission d'un seigneur débauché; si vous disposerez librement de vos successions; si la confiscation, si la main-morte seront abolies et les corvées restreintes; si vos juges choisis parmi vous et par vous, ne disposeront plus de vos personnes sans qu'il y ait crime notoire et ne vous condamneront plus sans vous entendre; si vos seigneurs ne pourront plus guerroyer entre eux à leur bon plaisir; si, enfin, toutes ces nouvelles franchises seront, avec les anciennes, placées, non plus sous la sauve-garde d'un suzerain volontairement oublieux, mais sous celle de magistrats élus par vous : C'est à moi que vous le devez! A moi, le fils de celle qu'ils ont flétrie du nom de sorcière, parce que victime d'une violence qui menace vos sœurs, vos filles et vos femmes, elle m'a fait puiser dans son sein généreux la haine pour l'oppresseur, l'amour pour l'opprimé! Ne soyez pas ingrats, frères!... Aidez-moi! Sauvons ma mère! sauvons la sorcière!

En disant ces mots il saute à bas de la roche qui lui servait de piédestal, et il s'élance vers la ville en se retournant pour s'écrier encore : — A moi! frères, à moi!

Electrisés par ces brûlantes paroles et par l'accent surnaturel du bon clerc, les Grenoblois s'ébranlent et le suivent en criant : — Vive Berthold! vive la sorcière!

— Non! non! réplique vivement celui-ci, vive monseigneur Humbert! Il aime ses bourgeois; il sera pour eux contre ses insolens vassaux; vive monseigneur Humbert!

Les archers que le bailli avait postés au pied de la tour Rabot tentèrent nutilement de s'opposer au torrent : force leur fut de céder. Il n'y avait us ni opposans ni timides; Berthold avait fait entendre un cri de liberté, et les vieux échos des montagnes s'étaient réveillés pour le répéter comme au temps où le valeureux évêque Izarn le poussait contre les Maures, bientôt vaincus et chassés de la vallée qui ne revit plus leurs tentes. En vain le bailli qui, sans aucun soupçon de ce qu'avait exécuté le protonotaire, revenait joyeusement du feu de l'église Saint-Laurent, voulut-il, à tout hasard, barrer le passage du pont de bois à l'avalanche humaine qui s'abattait du haut de la montée de Chalemont, il ne put en venir à bout, et il était encore refoulé et retenu, lui, les seigneurs de sa suite et ses archers, dans l'étroite impasse de la Simaise, que déjà Berthold, parvenu à l'entrée de la rue Chenoise et trouvant là un serviteur du chancelier, criait à ses compagnons :

— Au Breuil ! au Breuil !

Sous les murs du couvent des Jacobins, à qui Humbert avait naguère donné une partie du terrain appelé le Breuil, aujourd'hui la place Grenette, était un emplacement merveilleusement disposé pour l'exécution clandestine que le protonotaire avait décidée, de concert avec les gens de l'évêque. Un bûcher avait été construit à la hâte dans ce coin reculé, et la malheureuse Alix, surprise au moment où elle rassurait Odette affligée de sa feinte querelle avec Berthold, et inquiète sur sa prochaine entrevue avec le dauphin, y avait été conduite après une comparution de pure forme par-devant le vicaire de l'évêque et le triomphant protonotaire, placés, à cet effet, dans l'une des salles basses du couvent. Le projet du comte de Beaumont avait été de s'emparer en même temps d'Odette et de Berthold, qu'il aurait fait diriger sur ses propres terres pour en disposer ensuite à sa volonté ; mais Berthold, au milieu des bourgeois, était à l'abri d'un coup de main, et Odette avait trop de serviteurs dévoués, pour qu'il ne lui eût pas été facile de s'échapper et d'aller avertir le bon clerc.

Alix, à demi-morte de terreur et entourée d'un petit nombre de gardes qui avaient hâte d'en finir, était déjà liée au poteau fatal quand un cri perçant se fit entendre. Elle rouvrit les yeux, vit un noir tourbillon envelopper le bûcher, l'abattre, le balayer ; puis elle se sentit entraînée, emportée au bruit d'étranges acclamations, et ne revint à elle que lorsque, se retrouvant dans le calme, ces mots frappèrent son oreille : — Vous, ici, monseigneur !

Elle était dans la grande salle de la maison de messire du Mas. Humbert, pâle et consterné, était debout devant Odette, qui lui criait en embrassant ses genoux : — Pitié ! monseigneur ! pitié pour Berthold et pour moi ! Pitié !... Oh ! pitié !... Cette promesse que vous réclamez, je ne l'ai plus... mon père vous la rendra !...

Berthold frémissant crut avoir enfin surpris le secret d'Odette et d'Humbert ; il n'était plus ni fils, ni chef des bourgeois révoltés ; il n'avait plus au cœur qu'une seule rage : la jalousie.

— Monseigneur, dit-il en se contenant, j'ai entravé la justice de l'évêque et la vôtre ; je mérite la mort. Mais cette femme... ma mère !... est innocente, et vous lui ferez grâce !... Mais cette jeune fille, moi seul, en l'absence de son père, j'ai le droit de pénétrer jusqu'à elle. Que lui voulez-vous ? que lui donnerez-vous en dédommagement du déshonneur que vous venez d'imprimer sur son front ?

— Berthold ! s'écria Odette en se jetant entre lui et le dauphin qui, le regard attaché sur Alix, n'écoutait ni Berthold ni la jeune fille.

— Cette femme, reprit Berthold en repoussant Odette et en s'inclinant avec respect devant Alix, morne et silencieuse, cette femme fut aussi visitée autrefois en secret par un seigneur, et aujourd'hui la voilà réduite à se débattre contre des bourreaux. Est-ce que vous voulez vraiment qu'il en advienne autant à la fille de mon bienfaiteur ?... Ah ! monseigneur !...

—Berthold ! mon fils ! s'écria Alix en se dressant avec effroi et en s'arrêtant interdite devant Humbert qui la considérait attentivement.

Odette aussi s'était élancée pour retenir Berthold qui avait porté la main à son poignard.

—Berthold, mon frère ! mon ami !

— Arrière... lui dit-il avec dédain, je n'ai ni sœur, ni amie vous m'avez trompé, vous n'êtes plus pour moi que la fille de messire du Mas... arrière!

—Ne craignez rien, damoiselle, dit enfin Humbert en secouant la tête comme pour chasser une idée importune. Nous t'avions jusqu'ici tenu pour sage, continua-t-il en s'adressant à Berthold, tu n'est qu'un fou. Nous ne voulons pas être trop sévère envers toi. Fuis ; que demain nos archers ne te retrouvent plus à Grenoble ; fuis et remercie la damoiselle Odette.

Berthold égaré, éperdu, levait le bras pour frapper.

— Malheureux! c'est ton père ! s'écria Alix en faisant de son corps un rempart au dauphin.

IX.

La princesse Jeanne.

L'exclamation d'Alix avait frappé de stupeur Berthold et le dauphin. Celui-ci, déjà inquiet de n'avoir pu reprendre à Odette son imprudent écrit, et se voyant en présence d'une femme dont l'aspect l'avait involontairement troublé, se rappela soudain sa querelle avec le protonotaire l'ordre sévère qu'il avait refusé de signer, l'émotion qu'il avait remarquée par la ville, et, enfin, le trouble et l'agitation d'Odette à son arrivée : il crut à un complot pour empêcher son prochain mariage, ou pour mettre Philippe de France à même d'hériter de lui immédiatement :

—Par Notre-Dame! dit-il à Odette tremblante, c'est crime de haute trahison au premier chef, damoiselle, que de convier son seigneur à un rendez-vous d'amour pour l'exposer au poignard d'un rebelle et aux impiétés d'une sorcière. Arrière ! impure, ajouta-t-il en rudoyant Alix, Satanas est sans pouvoir sur nous, chanoine des cathédrales de Vienne, de Romans et du Puy ; notre personne est sacrée ; arrière !

Berthold, que les dures paroles adressées à sa mère eussent exaspéré un instant auparavant, resta muet, le regard attaché sur Odette ; puis tout d'un coup ses yeux s'allumèrent, ses lèvres frémirent; il rejeta loin de lui le fer qu'il tenait encore, se retourna vers sa mère effrayée, et lui dit, en lui montrant le dauphin étonné, mais inaccessible à la crainte :

—Ma mère, vous l'avez entendu!...

— Mon fils! mon cher fils, j'ai dit vrai, je te le jure, tu est bien mon fils et le sien ! répliqua Alix le serrant dans ses bras.

— Eh ! ce n'est pas vous, ma mère, que j'accuse de tromperie ! c'est elle, reprit-il en s'approchant d'Odette, elle, qui promet amour à tous, et n'est loyale envers aucun !

— Cela n'est pas, Berthold, cela n'est pas ! s'écria impétueusement la jeune fille : parlez donc, monseigneur!

— Vous êtes bien hardie de nous interroger, répondit fièrement Humbert; nous ne voyons ici qu'une criminelle et une audacieuse jeune fille complice d'un rebelle : nous parlerons à tous les trois du haut de notre tribunal. Holà ! messieurs, dit-il en se tournant vers la porte hors de laquelle l'attendaient ses fidèles sergens d'armes, qui ne l'entendirent pas.

Odette poussa un cri de douleur, et tomba à genoux.

— Vous serez satisfait, monseigneur, reprit Alix avec courage ; je subirai l'injuste arrêt dicté, à votre insu, par Amblard de Beaumont. Mais, du moins, ajouta-t-elle en s'inclinant avec dignité, faites que je ne vous aie pas vu ni imploré en vain. Oh! je vous en supplie, au nom de la bonne et pieuse Marie des Baux, ma protectrice, grâce pour mon père! grâce pour mes frères!.. Pardonnez à cette jeune fille, innocente du dévoûment de mon fils!

— Arrière! arrière! Une seule femme pouvait invoquer le nom de la pieuse Marie... Cette femme n'est plus...

— Amblard vous a trompé; cette femme n'est point morte: c'est moi, c'est bien moi, Alix de Bardonnanche, méconnaissable, flétrie par les douleurs, qui vous crie de nouveau: Grâce pour mon vieux père! Grâce pour mes frères!

— Vous!... Alix!...

— Depuis deux ans, attachée à vos pas, je vous suis en tous lieux, et n'ai pu arriver jusqu'à vous.

— Mensonge! s'écria Humbert, je suis accessible à tous, et depuis deux ans l'ombre seule de cette Alix, que tu prétends rappeler, me poursuit et m'obsède. Mensonge! répéta-t-il, le comte de Beaumont t'en convaincra devant moi!

— Merci! oh merci, monseigneur! je n'aspirais à rien de plus qu'à cette faveur; c'est me promettre justice! c'est me promettre le bonheur! Berthold, mon fils, je suis sauvée? s'écria Alix en courant au bon clerc.

A ce moment, des cris tumultueux se firent entendre au dehors.

— Franchises! franchises! criait-on; vive monseigneur Humbert! vive Berthold le bon clerc!

Berthold, réveillé comme en sursaut, leva la tête, regarda sa mère, puis Odette et le dauphin; et s'avançant vers ce dernier:

— Voilà, lui dit-il en souriant tristement, vos bons bourgeois qui nous saluent tous les deux, monseigneur; ils pensent que je puis autant de bien que vous; ils croient que vous leur voulez autant de bien que moi. Plaise à Dieu qu'ils n'entrent point ici! Je leur dirais l'histoire de ma mère, l'histoire des Bardonnanche que je connais enfin tout entière; ils douteraient alors de votre loyauté, désespéreraient de leur sainte cause, et me vengeraient peut-être afin de se venger eux-mêmes par avance.

— Silence, mon fils! s'écria Alix qui regardait avec effroi grandir la colère du dauphin.

— Que ces acclamations ne vous inquiètent ni ne vous offensent, monseigneur, continua Berthold avec une apparente impassibilité en voyant Humbert attentif à son tour aux cris de l'émeute; mon nom associé au vôtre, m'enorgueillissait tout à l'heure, j'en conviens, je rêvais encore l'avenir; maintenant tout est fini pour moi: vous repoussez ma mère et c'est à vous qu'on donne des rendez-vous d'amour! mère et amante vous m'enlevez tout, je n'ai plus que faire de la vie. En prononçant ces derniers mots un sourd frémissement parcourut tout son corps, le rouge lui monta au visage, son calme l'abandonna et il reprit avec véhémence, en arrachant du sein d'Alix où elle s'était réfugiée, et en entraînant devant Humbert Odette éperdue: — Oh! par pitié, monseigneur, je l'aime cette jeune fille! Je le confesse, à vous ma pauvre mère, à vous monseigneur, à vous mon Dieu qui m'entendez et me maudissez peut-être à cause de ma faiblesse, je l'aime par dessus tout! Pour elle, pour un sourire de ses yeux, pour un mot de son cœur, j'abjurerais mes plus douces, mes plus chères croyances!.. Je suis un malheureux, un fou... c'est vrai, monseigneur! c'est vrai! mais je l'aime!... Oh! par pitié; vous ordonnerez ensuite de moi comme vous le voudrez: le titre de votre fils ou la mort comme rebelle, j'accepterai tout, mais, par pitié! par grâce! dites-moi, oh! dites-moi si vous êtes aimé!

— Non! non! Berthold, c'est toi que j'aime et je n'aime que toi! s'écria Odette.

— Ma mère, bénis-moi, je suis heureux! s'écria à son tour le bon clerc tremblant d'émotion et de joie.

— A genoux, mon frère! à genoux, reprit Odette, belle d'une religieuse inspiration, tu as blasphêmé Dieu!.. tu ne peux me préférer à Dieu!

Alix consternée arrêtait sur Odette des regards où se trahissaient la jalousie maternelle et la compassion de la femme instruite aux souffrances de l'ame. Humbert ému, silencieux, admirait Berthold prosterné aux pieds d'Odette, qui, pâle et les joues sillonnées de deux longues larmes, semblait dire au Seigneur :

— Pardonne-lui, mon Dieu, ou frappe-nous tous les deux ensemble!...

De nouveaux cris poussés au dehors et bientôt suivis d'un bruit d'armes et de chevaux, les firent tressaillir tous les quatre et les rappelèrent, pour ainsi dire, à la réalité ; Berthold se releva vivement en entendant les archers qui remplissaient déjà la cour de la maison du chancelier :

— Cette demeure est inviolable, monseigneur! s'écria-t-il ; ordonnez qu'on respecte les priviléges du second magistrat de votre Dauphiné. Ce n'est ma vie, ce n'est ma liberté que je défends, mais celle de ma mère ; quant à moi, je ne vous demande rien, je sors, je vais me livrer moi-même.

— Berthold! s'écrièrent à la fois les deux femmes en cherchant à le retenir.

— Monseigneur, sauvez mon fils! c'est à moi de mourir!

— Monseigneur, sauvez Berthold! sauvez sa mère!... Je vous ai vu pleurer, vous n'êtes pas inexorable! reprit Odette en se tournant vers Humbert qui, désarmé par ces ardentes prières, dit à Berthold :

— Reste, je te l'ordonne.

Il achevait à peine de prononcer ces mots, que la porte de la salle s'ouvrant avec fracas, livra passage à des archers.

— Emparez-vous de cet homme et de ces deux femmes, leur dit rudement le comte de Beaumont, qui les précédait l'épée au poing et la visière baissée.

— Non pas, sire comte, répliqua le dauphin en se montrant, nous n'avons pas permis qu'on vînt en armes dans la maison de notre chancelier.

— Votre seigneurie avait-elle permis à cet homme de soulever le peuple afin de soustraire cette sorcière à la mort qu'elle a méritée? Cette jeune fille a-t-elle donc le droit de faire servir la maison de son père à réfugier une réprouvée et un rebelle, repartit le protonotaire surpris, mais non pas intimidé par la présence du dauphin.

— Monseigneur, vous me l'avez promis! voilà Amblard de Beaumont. Ecoutez et jugez entre nous, s'écria Alix en s'échappant des mains des archers : Comte, dit-elle ensuite, es-tu bien sûr que la tombe élevée par toi à Montfleury ne soit pas menteuse? Es-tu bien sûr d'y avoir enfermé Alix de Bardonnanche? Rassemble tes souvenirs, et démens-moi, si tu l'oses : je suis Alix, à qui tu as juré une haine éternelle ; je suis Alix, de qui tu as fait proscrire et le père et les frères ; je suis Alix, que Marie des Baux, tu le sais, rappelait en mourant aux remords de son époux trompé par toi!

— Monseigneur, répondit Amblard en s'adressant à Humbert, le tribunal de l'évêque a prononcé sur cette femme ; son arrêt doit être exécuté, sous peine d'encourir les censures du pape, plus jaloux du droit du saint-siége qu'indulgent dans son amitié pour vous. Laissez-moi vous donner une dernière preuve de dévoûment... Archers, emmenez ces femmes et ce jeune homme! acheva-t-il en désignant d'un geste impérieux Odette, Alix et Berthold.

Quelques instans avant la triple arrestation ordonnée par Amblard, un cavalier, suivi de deux valets, atteignait la porte de Chalemont. L'un des valets cria alors d'une voix de Stentor à l'archer qui se montra sur le rempart :

— Sire archer, ouvez à messire du Mas, chancelier du conseil delphinal !

— Qu'y a-t-il donc que vous faites garde si assidue ? demanda messire du Mas au soldat qui s'était empressé d'entre-bâiller la porte pour le laisser passer lui et ses gens.

— Bien du nouveau, messire ; ne perdez pas un instant ; votre Berthold s'est pris de passion pour une méchante sorcière, et l'a tirée du bûcher où elle allait expier ses maléfices ; votre damoiselle Odette s'en est mêlée ; les bourgeois sont en pleine insurrection, et monseigneur Humbert ne vous accuse de rien moins que de complicité dans tous ces méfaits. Ne perdez pas de temps : on est chez vous ; courez!

Messire du Mas n'avait pas attendu la fin de cette pressante recommandation ; au risque de se précipiter, il s'était lancé à bride abattue par la montée de Chalemont, et moins d'une minute après, il mettait pied à terre dans la cour de sa maison, au moment où les archers, obéissant à l'ordre du protonotaire , entraînaient leurs prisonniers que ne défendait plus Humbert.

—Arrêtez! arrêtez ! s'écria messire du Mas en leur barrant le passage.

— Dieu soit loué! messire. Où est la princesse Jeanne ? s'écria, en allant au devant de lui, le dauphin rendu à l'objet ordinaire de ses méditations.

— Respect à monseigneur, messire ! vous serez libre de plaider plus tard, comme vous l'entendrez, la cause de votre fille, s'écria en même temps le comte de Beaumont.

— Respect à mes droits avant tout ! répliqua le chancelier : ils sont la sanction de ceux de monseigneur.

— Les rebelles ne doivent trouver asile nulle part, répliqua Amblard avec impatience : archers, faites votre devoir !

Humbert faisait inutilement signe au protonotaire de s'arrêter et au chancelier de se calmer ; ni l'un ni l'autre ne semblait l'apercevoir.

—Vous n'avez pas le droit, sire comte, criait le dernier en montrant Berthold, d'attenter à la liberté de ce jeune homme ; si je consens à l'abandonner, ainsi que cette femme, ajouta-t-il sans regarder Alix, ce n'est que par condescendance pour monseigneur Humbert. Mais ma fille, mon Odette, elle est sacrée pour vous, pour moi, pour nous tous ! Inclinez-vous, sire comte, acheva-t-il majestueusement monseigneur est libre maintenant envers Mme la princesse Jeanne, il tiendra sa parole envers la damoiselle Odette ! Inclinez-vous donc, comte, devant notre souveraine, madame la dauphine de Viennois !

Il serait impossible de rendre l'effet produit par cette singulière déclaration. La jalousie, le dépit et l'étonnement se lisaient sur tous les visages. Messire du Mas conservait seul son sang-froid. Il raconta en peu de mots au dauphin comment il n'était arrivé à Romans que pour y apprendre le départ de la princesse Jeanne pour Tournon, où l'attendait, pour l'épouser, monsieur Charles, depuis le roi Charles V, fils aîné de monsieur le duc de Normandie, et petit-fils de Philippe de Valois. Celui-ci était venu à bout d'effrayer une troisième fois la faiblesse du duc de Bourbon et de le décider à mettre fin à une comédie qui durait déjà depuis plus d'un an.

Ce coup était trop sensible à l'amour-propre d'Humbert pour qu'il consentît à laisser voir qu'il en fût atteint.

— Nous aurons donc la guerre avec monsieur le duc de Bourbon, dit-il paisiblement, et Dieu sera pour l'offensé. Nous vous remercions de vos bons services dans cette affaire, messire du Mas, et en témoignage de notre satisfaction personnelle, nous vous octroyons celle de nos baronnies qui vous agréera le mieux. Mais, ajouta-t-il en se tournant lentement du côté du protonotaire interdit, que cela n'entrave point le cours de votre justice, sire de Beaumont; nous voulons et ordonnons que vous y procédiez à l'instant même, et nous révoquons tous priviléges et franchises qui pourraient vous arrêter. Faites conduire dans nos prisons Berthold le révolté, la damoiselle Odette sa complice, et cette femme, ajouta-t-il en désignant Alix et en regardant fixément le chancelier immobile de saisissement, et cette femme, que messire du Mas ne reconnaît pas davantage que nous, qui seule aurait le droit d'invoquer en sa faveur d'anciens engagemens si nous consentions à prendre une nouvelle épouse, et si elle était vraiment la très noble damoiselle Alix de Bardonnanche !

X.

Le château de Boquéron.

Lorsqu'on sort de Grenoble par la porte Saint-Laurent, on trouve, à une portée de fusil de la dernière avancée du rempart, et resserrée entre l'Isère d'une part et le côteau qui s'élève brusquement de l'autre, une double file de cabarets entremêlés de chamoiseries et de quelques maisons bourgeoises basses, étroites, et comme honteuses d'être surprises en si Rabelaisienne compagnie. Ce lieu, bien déchu de sa splendeur antique, se nomme la Petite-Tronche. La Grande-Tronche, bien moins considérable pourtant, et surtout bien moins gaie de mœurs et d'aspect général, est à quelques centaines de pas plus loin. A peu de distance de ce dernier village, aboutit un chemin qui, raide et raboteux, grimpe entre la colline isolée en avant de la gorge creusée entre la montagne d'Esonne et le long et grisâtre plateau du Mont-Aynard. Ce chemin se partage bientôt en deux branches. Celle de gauche tourne un large mamelon, et conduit par une pente facile à la grande porte du couvent de Montfleury; celle de droite, profonde et encaissée, suit quelque temps le pied des terrasses de la délicieuse retraite fondée par la mère d'Humbert, et va toucher au château de Boquéron. Aujourd'hui que sont défigurés ou détruits les manoirs suspendus autrefois aux deux flancs de la vallée, le Boquéron, entouré de coquettes villas bien blanches, bien régulières et parfaitement assises entre leurs vignes et leurs jardins, ne semble plus être qu'un éclat de rocher jeté par quelque vieille et jalouse fée au milieu d'une corbeille de fleurs. Dès avant le temps d'Humbert, il ne jouissait pas d'une trop bonne réputation. Plus d'une fois il avait fallu recourir à la force pour réprimer les violences que se permettait la petite garnison cachée par les sires de Boscozel dans ce nid oublié, on ne sait par quel oiseau de proie, sur la pointe d'un roc taillé à pic et abordable seulement du côté des montagnes. Son étrange position, ses formes lourdes, irrégulières et sans la plus innocente velléité d'élégance, tout, jusqu'au caractère peu sociable de ces tristes habitans, avait accrédité dans le pays bon nombre de récits peu favorables à ce castel, aujourd'hui la propriété de quelque honnête citadin qui, sans penser à mal, serre gaîment son vin dans le cachot où erre peut-être encore l'âme en peine d'une jouvencelle morte en pleurant ses amours traîtreusement interrompues.

Le sire de Boscozel n'avait point sous sa mouvance si grand nombre de fiefs qu'il fût intéressé à ne pas passer sous la puissante et inquiète suzeraineté de la France. Peu lui importait que les hommes d'armes qu'il aurait à pousser un jour de bataille au plus fort de la mêlée fussent ses hommes à lui, portassent ses couleurs et ne connussent que son cri de guerre : il ignorait ces coûteuses vanités, et celui-là était le suzerain qu'il préférait qui pouvait lui donner les meilleures et les plus belles armes et le faire plus souvent asseoir à un large festin. Tant qu'Humbert avait pu être chevaleresque dans ses entreprises et prodigue de son bien, le sire de Boscozel n'avait juré que par lui ; mais depuis que le sévère protonotaire Amblard de Beaumont avait soumis le palais delphinal à de rigides lois somptuaires, le vaillant sire s'était soudainement senti porté d'affection pour Philippe de Valois.

Le vieux manoir, sournoisement accroupi sur sa pointe de rocher, semblait encore plus mystérieux, plus sombre que de coutume, le soir du quatrième jour après le subit retour du chancelier du Mas, l'annonce du mariage de Jeanne avec le prudent Charles de Normandie, et la reconnaissance inattendue d'Humbert, d'Alix et du comte de Beaumont.

Humbert enfermé dans son palais, Humbert qui n'avait pas tardé d'ailleurs à révoquer l'ordre irréfléchi de l'arrestation d'Alix, de Berthold et d'Odette, semblait atterré sous le coup dont le frappait la déloyauté du duc de Bourbon. Il eût, certes, été beaucoup moins embarrassé si ses nobles, si obséquieux la veille encore, lui étaient demeurés aussi fidèles que son ami le comte de Beaumont; mais, sans parler du sire de Boscozel, ceux qui auparavant criaient le plus haut contre le parti français se montraient à présent les plus empressés à changer de bannière et les moins soigneux à dissimuler leurs nouvelles dispositions. Les bourgeois, au contraire, cachaient d'autant plus leur confiance en leur cause qu'ils se pensaient plus près de la gagner. Tel d'entre eux, qui, en s'escrimant contre les archers du bailli, avait poussé avec le plus de chaleur le cri séditieux : — Franchises! franchises! — attendait maintenant en silence que Dieu se prononçât. S'il faut tout dire, au surplus, Amblard de Beaumont, ni l'évêque de Grenoble n'étaient plus ceux qui excitaient les insistantes défiances populaires : un bruit répandu par les commensaux du palais, un bruit étrange, incroyable, mais auquel mille circonstances ajoutaient incessamment une nouvelle valeur, avait détourné sur le bon clerc l'animadversion des habitués de la réunion Chalamel.

— Monseigneur Humbert, la dame Alix et le sire de Beaumont se sont réconciliés, disaient-ils, Berthold savait bien ce qu'il faisait en nous excitant contre la justice de l'évêque, et maintenant qu'il sera dauphin à son tour, il se rit de notre confiance en ses fallacieuses paroles. C'était un coup monté entre lui et son futur beau-père, l'ambitieux messire du Mas, qui, pour le plus grand avantage de sa damoiselle Odette, pactiserait avec le diable.

Les bonnes gens se trompaient fort. Les amours d'Odette et de Berthold, loin de faire la joie du vénérable chancelier, étaient son plus cuisant chagrin. Forcé de reconnaître Alix de Bardonnanche, il espérait encore arriver à ses fins en détruisant la mère par le fils. Il était, en conséquence, des plus actifs à propager tous les mauvais propos qu'il pouvait recueillir contre Berthold. Aucune de ses menées n'échappait à celui-ci ; mais constant dans son dévoûment à son pays, il agissait et se taisait, laissant au temps à le justifier et à l'amour de son Odette à le récompenser. En attendant, il éprouvait ce singulier revirement de position, d'être rudoyé par ceux à qui il sacrifiait ses intérêts en suggérant à Humbert le désir d'abdiquer, et caressé par celui contre qui naguère il avait disputé la vie de sa mère. Amblard, en effet, trouvant Humbert engagé à la fois avec Alix et avec Odette, ne pouvait, parjure pour parjure, conseiller celui qui mettrait la couronne delphinale sur la tête d'une bourgeoise a-noblie de la veille. Il s'était donc franchement et promptement exécuté, et imposant silence à ses vieilles rancunes, et oubliant l'acharnement qu'il avait mis à poursuivre Alix, il s'était tout naturellement retourné du côté de cette femme, réhabilitée ainsi non par la faiblesse ou le caprice, mais par la nécessité des circonstances. Ces positions une fois prises de part et d'autre, et cela n'avait pas été long, chacun s'était mis à l'œuvre, ceux-ci pour hâter l'abdication d'Humbert, ceux-là pour l'encourager à prendre pour épouse, l'un sa fille, les autres la noble et malheureuse mère d'un jeune homme déjà capable d'être opposé à des ennemis.

Les choses étaient dans cet état, le soir du quatrième jour après l'émeute, et Humbert avait remis au lendemain à déclarer publiquement son choix entre Odette et Alix, lorsque deux hommes, qui depuis plus d'une heure épiaient Berthold à sa sortie du palais delphinal, s'avancèrent à sa rencontre et lui dirent tout bas :

— Si tu n'es ni traître, ni menteur, suis nous.

— Où cela, mes maîtres? répondit-il fièrement en reculant d'un pas afin de se dégager.

— Rien par force, tout de gré, répliqua l'un des bourgeois qu'il reconnut pour l'un des plus fougueux orateurs de la réunion Chalamel, accepte ou refuse, peu nous importe; c'est une dernière marque d'estime qu'on te donne.

— Viens, ajouta l'autre en se penchant à son oreille, viens, il s'agit de ta mère et de ta gentille Odette.

— Partons, répondit le bon clerc en s'enveloppant de son large manteau pour s'abriter de la pluie glaciale qui tombait par torrent.

Ses deux guides l'imitèrent, prirent le chemin du pont de bois entrèrent dans le faubourg Saint-Laurent, tournèrent brusquement dans une ruelle descendant à la rivière, et suivirent le long des maisons un étroit et dangereux passage qui les conduisit hors de la ville sans qu'ils eussent été aperçus par les gardes placés près de la porte.

— Serait-ce que nous allons au sabbat, maître Rivoire, dit Berthold, que par un temps si affreux nous prenons, à cette heure de nuit, des chemins si détournés?

— Cela se pourrait bien, répondit Rivoire; le sire de Boscozel et son château de Boqueron n'ont pas le renom de trop bons catholiques.

— Ne l'écoute pas, ajouta l'autre d'un ton toujours mystérieux ; le sire de Boscozel et son château ont été visités, ce soir, par un archange, à tout le moins.

— Que mon saint patron m'abandonne si je vous comprends ni l'un ni l'autre! répartit Berthold. Nous verrons bien ce qu'il en sera, ajouta-t-il; vous savez, maître Rivoire, et vous aussi, maître Sorel, que je n'ai peur de rien et ne reconnais pour esprits ou pour revenans que ceux que cette épée coupe en deux sans les faire saigner, acheva-t-il en entr'ouvrant son manteau pour laisser voir la longue lame pendue à son côté.

Les deux bourgeois se regardèrent en souriant et doublèrent le pas.

Une heure après, les trois voyageurs se présentèrent devant la porte du Boquéron. Des hommes d'armes à la livrée de France gardaient le pont-levis, qui s'abaissa et se releva en silence.

— Eh quoi! dit à ses deux guides le bon clerc étonné, le sire de Boscozel a-t-il déjà livré sa place, et m'avez-vous livré moi-même!

— Le sire de Boscozel ne donne que l'hospitalité, répondit sèchement maître Rivoire, et nous voudrions que nous fût fait semblable honneur qu'à toi.

La façade du Boquéron est précédée, du côté de la montagne, d'une terrasse assez élevée d'où l'on peut encore défendre l'entrée du donjon après l'invasion de la première cour. Sur cette terrasse s'ouvrent les portes et les fenêtres principales du bâtiment, qui n'est guère percé, aux trois autres côtés, que des ouvertures nécessaires à sa défense. Une vive clarté brillait à ces fenêtres, et le bon clerc put distinguer un bon nombre d'archers qui y faisaient le guet.

— J'ignore ce que vous désirez de moi, sire comte, dit Berthold au sire de Boscozel qui était accouru pour le recevoir; mais j'aperçois ici des choses étranges.

— Fiez-vous à moi, sire Berthold, lui répondit le sire de Boscozel avec plus de courtoisie que les nobles n'en témoignaient d'ordinaire à ceux qu'ils estimaient leurs inférieurs; et lui présentant la main en signe d'amitié, il le conduisit vers la grande salle, souleva la portière, et dit à haute voix et sans entrer :

— Monseigneur, voilà le sire Berthold.

Le personnage en présence de qui se trouvait Berthold était un jeune homme de vingt-deux à vingt-trois ans, plutôt petit que grand, à la démarche grave, à la physionomie fine et ouverte, aux traits heurtés et peu gracieux et à la chevelure rousse tombant à plat sur un front vaste et méditatif. Le bon clerc s'inclina en reconnaissant le prince Charles de Normandie.

— Je suis bien imprudent, n'est-il pas vrai, sire Berthold, lui dit celui-ci en souriant, de m'aventurer ainsi sur les terres de mon cousin Humbert, que je sais fort en colère contre moi? Il a tort; je suis son meilleur ami, et c'est dans son intérêt que j'ai voulu vous voir, vous dont la haute renommée de sagesse et de bravoure se répand déjà par tout le royaume de France.

Le ton bienveillant, les manières simples et affables du prince et aussi son adroit compliment enhardirent le bon clerc. Sur un signe de Charles, il prit un escabeau de bois, s'assit sous le manteau de la cheminée, et la conversation s'engagea vive et familière, comme si les deux interlocuteurs eussent été du même rang, ou se fussent connus depuis longues années.

— Monsieur le dauphin de Viennois n'est vraiment pas raisonnable, reprit Charles; il devait savoir que j'aime ma cousine Jeanne, et ne la laisserais pas volontiers devenir l'épouse d'un autre. Heureusement que de ce côté tout est fini ; la victoire est restée au plus jeune, et c'est justice, je crois. Ce n'est pas pour cela que je suis venu, mais bien dans l'intérêt de mes futurs bourgeois.

Berthold, habitué à discuter contre l'impatient, mais peu tenace, Humbert, ou à s'adresser à des gens qui l'écoutaient de confiance, ne laissait pas que d'éprouver de l'embarras en face d'un jeune prince qui, de son côté, paraissait avoir la meilleur opinion de sa propre sagesse, aimait à parler, souffrait peu les interruptions, et abordait d'ailleurs les plus hautes questions politiques et les plus épineuses personnalités avec l'assurance d'un supérieur qui ne s'attache point à persuader, mais qui procède comme s'il ne pouvait rencontrer de conviction opposée à la sienne.

Toutefois, comme Charles reconnaissait que le bon clerc pouvait s'être laissé séduire à l'espoir d'être légitimé, il termina son long discours par cette péroraison ménagée long-temps d'avance :

— Mon aïeul le roi Philippe ne désire que ce qui est bien et juste. Mon cousin Humbert peut, sans se marier, vous reconnaître, même avant son abdication, à laquelle il vous suffirait d'acquiescer pour votre part Nous avons déjà les dauphins d'Auvergne, sire Berthold, nous aurons ceux de Normandie, où mon père vous constituera tel fief, que la damoiselle Odette et vous, vous n'aurez rien à regretter ici.

—Je vous remercie des grâces que vous daignez m'offrir, monseigneur, répondit Berthold ; on vous a mal instruit lors même que Mme Alix de

Bardonnanche refuserait de donner sa main à monseigneur Humbert, il n'abdiquerait pas et nul ne l'y pourrait contraindre.

Ce mot fit froncer le sourcil à Charles :

— Que fera-t-il donc? Il a épuisé toutes ses ressources; ses terres d'Auvergne, de Languedoc et de Normandie, sa rente féodale sur le trésor de France, tout, Jusqu'à l'hôtel donné à Guigues, son frère, sur la place de Grève, à Paris, tout est vendu ou engagé. Il doit à tous et partout, et, si vous ne le savez, sire Berthold, apprenez-le, un sol d'or absent de la bourse d'un prince fait souvent plus de tort à ses affaires qu'une brêche à l'épée de son meilleur soldat! En rappelant la famille de Bardonnanche, en épousant Madame Alix, il se peut qu'il retrouve encore quelques alliances, quelque crédit; mais combien cela durera-t-il?

—Que vous importe alors, monseigneur, répondit Berthold en laissant malgré lui percer sa secrète pensée; laissez-le faire, nous serons tous arrivés à notre but : les Bardonnanche auront obtenu satisfaction, vous aurez votre province, et moi... moi, j'aurai épousé la damoiselle Odette, qu'à défaut de madame Alix, monseigneur Humbert épousera aussitôt. Il a juré, foi de mariage, à l'une et à l'autre, il est scrupuleux, il tiendra son serment soit à l'une, soit à l'autre.

—Certes, il peut épouser la damoiselle Odette, cela ne pourra qu'empirer ses affaires, et tout en déplorant cette mésalliance, nous n'y mettrons point d'obstacle.

— Mais, moi, monseigneur! moi qui l'aime cette damoiselle Odette, puis-je sacrifier le peu de bonheur que j'espère ici-bas! s'écria Berthold.

— Je pensais trouver en vous un homme d'état et non pas un amoureux, répliqua doucement Charles.

— Eh! monseigneur, repartit Berthold piqué, en voulant l'abaissement de monseigneur Humbert, vous raisonnez sans doute en homme d'état, j'en fais autant, j'espère, en voulant épargner à mon souverain un moyen de se perdre : mon amour pour la damoiselle Odette pourrait bien ressembler au vôtre pour la princesse de Bourbon!

— Vrai Dieu! j'aime cette franchise, dit Charles en souriant; entre jeunes gens tels que nous, mieux vaut parler à cœur ouvert, ajouta-t-il en tirant de dessous sa robe un rouleau de parchemin. Voilà une copie du Statut que vous avez rédigé : Si mon cousin Humbert n'épouse point Mme Alix de Bardonnanche, et nous épargne ainsi, dans l'avenir, des discussions, des querelles toujours fâcheuses pour le pauvre peuple, je promets, moi qui suis son successeur désigné, d'accorder, et en mon propre nom, les franchises demandées. Si mon cousin Humbert, au contraire, épouse Mme Alix, il aura la guerre; je ne reconnaîtrai jamais l'octroi qu'en abdiquant, tôt ou tard, il pourrait faire de ces mêmes franchises, et si les serfs et les bourgeois du Graisivaudan s'en plaignent, je leur dirai : Celui que vous appeliez le bon clerc vous a vendus pour l'amour d'une femme!

Un long silence suivit cette rude apostrophe.

Berthold troublé, perdu dans les plus poignantes réflexions, partagé entre son amour si vrai, si pur, si profond, et les pénibles devoirs qu'il s'était imposés à l'égard de ses concitoyens, Berthold ne put que murmurer amèrement.

— Je ne savais pas que servir son pays pût devenir chose si difficile!... Ni cœur, ni entrailles, je ne dois donc rien avoir!... Adieu, monseigneur! s'écria-t-il enfin en se levant et en regardant le prince avec fierté, c'est lutte plus qu'humaine que vous m'imposez : Dieu me soutiendra! et le bon clerc, je l'espère, n'aura vendu personne!

La nuit était fort avancée quand Berthold se présenta au Monfleury, chez sa mère, qui, toujours sous le coup de l'excommunication fulminée contre elle lors de son jugement, n'avait pu être admise dans l'intérieur du couvent, et occupait un logement arrangé à la hâte en dehors de la clôture. Le bon clerc était si vivement préoccupé, qu'il ne s'étonna point de trouver sa mère encore debout, et celle-ci, qui le revoyait enfin après une journée d'une mortelle attente, était trop joyeuse pour remarquer sa tristesse et son embarras. Elle avait répondu, dès la veille, aux propositions du dauphin, et il lui semblait si naturel que Berthold dût servir désormais d'intermédiaire entre elle et son futur époux, qu'elle n'avait su à quoi attribuer son absence prolongée pendant toute une journée. Quant à Berthold, il commençait seulement à comprendre combien était difficile à tenir l'engagement qu'il avait pris de rendre impossible la réparation intéressée offerte par Humbert. Ce n'est pas que les mœurs de cette époque ne permissent très bien de discuter sans inconvenance une pareille question : l'amour d'un prince suzerain ne devenait un outrage que lorsque ce prince refusait d'avouer la faute qu'il avait fait commettre, et l'on pouvait considérer les projets actuels du dauphin comme une suffisante réparation du passé; mais à côté de ce point peu embarrassant s'en présentait un autre épineux à aborder. Comment amener une Bardonnanche à refuser le titre de dauphine de Viennois; comment lui persuader que cette preuve de désintéressement personnel la grandirait aux yeux de ses concitoyens; comment parvenir à faire prévaloir les nécessités du bien public sur les exigences de la vanité d'une femme, d'une mère? Le bon clerc se décida pourtant à l'essayer.

Alix ne prêta d'abord qu'une oreille distraite à ses timides demi-mots; mais à mesure qu'il devint plus explicite, elle laissa voir plus franchement aussi le fond de sa pensée : de l'orgueil pour elle, et surtout de l'ambition pour son fils qui, doué de l'un et de l'autre, en cherchait seulement la satisfaction autre part. La nuit se consuma presque entière dans cette lutte où les objections se répondaient au milieu des épanchemens de l'affection la plus vive et des marques du respect le plus tendre. Berthold avait esquissé à larges traits la situation d'Humbert, il avait montré les bourgeois mécontens, le clergé indifférent, et la plus grande partie de la noblesse gagnée par les promesses de Charles. Il avait ensuite mis en cause l'intérêt des Bardonnanche exilés et ruinés; Humbert les rappellerait sans doute, mais il ne pourrait leur rendre leurs biens : la France, au contraire, est si vaste et Charles si généreux!...

Alix hesitait encore.

— Eh quoi! ma mère, s'écria Berthold, ne vous donné-je pas, après tout, l'exemple des sacrifices! N'est-ce donc rien pour moi que de laisser Odette au pouvoir d'Humbert! Il l'épousera, ne fût-ce que pour se venger et de vous et de moi; car vous m'aimez, ma mère, et vous souffrirez de toutes mes douleurs!

Ce cri passionné produisit ce que n'avait pu obtenir le raisonnement, et quelques instans après, le bon clerc, admis de nouveau auprès de Charles, lui disait en présentant Alix qui, voilée et tremblante, s'appuyait sur son bras :

— Ma mère se confie à votre seigneurie et à son altesse le roi de France.

— Rassurez-vous noble dame; nous savons ce que vaut le vieux blason des Bardonnanche, et, Pâques-Dieu! nous le maintiendrons l'un des plus beaux de France.

— Monseigneur, j'ai tenu ma parole, reprit le bon clerc en montrant encore ouverte sur la table la copie du projet de statut, j'espère que vous garderez la votre.

—Oui, certes, notre féal, et, s'il plaît à Dieu que notre cousin Humbert se rende à raison, vous serez autant satisfait de nous que nous le sommes de vous.

—Merci, ma mère, dit Berthold ému en se mettant à genoux devant Alix qui, muette, se pencha et le baisa au front, merci pour moi! Merci pour mon pays!

— Sire de Boscozel, dit Charles à ce seigneur qui venait d'entrer, je vous confie, au nom de son altesse le roi de France, Mme la comtesse Alix de Bardonnanche. Ayez soin que jusqu'à notre départ elle trouve ici sûreté et respect. Au surplus, sire Berthold, vous pourrez y veiller vous-même; car nous vous retenons auprès de notre royale personne...

— Je vous remercie, monseigneur; on croirait que j'ai acheté cet honneur: je ne l'accepte point. Je remets avec confiance ma mère à votre seigneurie et au sire de Boscozel. Je veux rester sans autre maître que Dieu et ma conscience, et remplir jusqu'au bout l'office peu profitable, mais grand et beau, qui m'a fait appeler le bon clerc!

XI.

La Députation.

A l'approche des grands événemens, il y a dans l'atmosphère quelque chose d'étrange qui prête aux choses matérielles elles-mêmes une physionomie toute particulière. A peine le jour commençait-il à poindre, à peine les archers de garde avaient-ils abaissé le pont-levis de la porte St-Laurent, que déjà la longue rue de ce faubourg présentait une animation inaccoutumée. La pluie de la veille avait achevé de faire disparaître les dernières traces de la neige tombée quatre jours auparavant, et un léger vent du sud attiédissant la moite température, on aurait dit une belle matinée de printemps, et les bourgeois, inquiets et désœuvrés, allaient, venaient, échangeait sans fin la même question:

— Sait-on qui monseigneur épouse?

Un cavalier suivi de deux écuyers et tenant fièrement à la main sa masse d'armes en argent, parut à la descente du pont de bois. Messire Guillaume Izoard, maréchal des nobles sergens d'armes de monseigneur le dauphin, traversa le faubourg sans dire un seul mot, sans regarder ni à droite ni à gauche les bonnes gens qui se rangeaient et le saluaient avec respect, et cependant, dès qu'il eut franchi le pont-levis et lancé son cheval au galop sur le chemin de la Tronche, il sembla qu'il avait fait confidence à chacun du message pressant dont il était porteur pour Mme Alix de Bardonnanche.

— C'est fini, disait-on dans les groupes, monseigneur ne veut nous payer ni en écus ni en franchises, et le voilà qui nous donne pour dauphine une sorcière! le pape nous excommunira, le roi de France nous confisquera et nos libertés avec nous!

En un instant l'agitation fut extrême.

— A bas Humbert! à bas la sorcière! à bas Berthold le traître, vive France! s'écriaient déjà les plus turbulens, quand messire de Mas s'avança accompagné de six ou sept bourgeois, et prêchant le calme en termes assez peu pacifiques. Il invitait, en effet, les mécontens à choisir cinq où six d'entre eux pour aller, avec lui, présenter à monseigneur les doléances de ses fidèles Grenoblois à l'occasion d'un mariage, —œuvre ténébreuse d'un bâtard, — répétait-il d'un ton pénétré.

Pendant ce temps, ce bâtard, contre qui s'était tourné si brusquement le vent de la faveur populaire, ce bâtard que messire du Mas, son protecteur de la veille, signalait aujourd'hui à l'animadversion publique, subissait les premières conséquences du sacrifice qu'il venait d'accomplir de concert avec sa mère.

Parvenu à rentrer furtivement dans la ville, dont on ne lui avait point laissé ignorer les mauvaises dispositions à son égard, il n'avait pu résister au désir de voir Odette avant que de se rendre au palais, où il voulait se trouver au moment où y parviendrait la nouvelle de la sortie d'Alix du couvent de Montfleury. Odette, qui connaissait les dangers qui menaçaient maintenant son bien-aimé, l'attendait dans des trances affreuses et poussa un cri de joie en le voyant entrer; remarquant ensuite son trouble et sa tristesse, elle lui dit timidement :

—Serait-il advenu malheur à votre mère? — Berthold fit signe que non. — Venez-vous... du palais? reprit-elle en hésitant. Berthold! s'écria-t-elle en laissant échapper un geste de dépit, que croyez-vous donc qu'il soit arrivé?

-- Bonheur à tous, je l'espère, damoiselle, excepté à moi, répondit-il doucement.

— Ce n'est pas bien, savez-vous, mon frère, de me parler ainsi, reprit Odette le cœur gros, vous appelé-je jamais le sire Berthold?... Berthold, ajouta-t-elle en voyant qu'il se détournait pour cacher son émotion, ne savez-vous donc pas la nouvelle? Monseigneur Humbert s'est prononcé!... vous allez être le fils du dauphin de Viennois!... M'aimerez-vous toujours? acheva-t-elle en se couvrant le visage comme s'il venait de lui échapper quelque effroyable hardiesse.

— Toujours! toujours! s'écria Berthold en fléchissant le genou devant elle; mais toi, ma bien-aimée, il te faut m'oublier... Ce n'est ma mère, c'est toi qui seras la dauphine de Viennois.

— Tu te trompes, répliqua la jeune fille avec volubilité, tu peux en croire la colère de mon père.

— Cette colere s'apaisera. Ma mère refuse la main d'Humbert.

— Pars, oh! pars, Berthold! retourne vers elle, supplie-la, conjure-la.....

—Ce serait inutile.

—Elle ne t'aime donc pas!

—Ce qu'elle accomplit, c'est moi qui l'ai voulu.

—Berthold, que t'ai-je donc fait! s'écria la jeune fille avec l'accent de la douleur la plus vraie.

—Tu as fait et ma joie et ma gloire! s'écria le bon clerc en s'exaltant par degré; ce que je suis, c'est à toi seule que je le dois : compâtissante envers moi, pauvre orphelin, tu m'as instruit au dévoûment. Rappelle-toi ces entretiens où nous déplorions ensemble les souffrances de notre patrie : comme ton zèle était ardent! comme ta parole était véhémente!.. Oh! s'il ne fallait que ma vie, disais-tu, pour reconquérir un peu du glorieux passé de nos montagnes!... Eh bien! le moment est venu...

— Assez... assez, Berthold, murmura la jeune fille en fondant en larmes; tu as raison, immole-moi à ces gens qui, il y a quatre jours, te portaient en triomphe, et qui t'insultent aujourd'hui et demandent ta tête! Sacrifie-moi à ce que tu appelles ta patrie, comme si, pour toi, il en était une autre que celle-là, s'écria-t-elle, éperdue, en saisissant la main du bon clerc et la posant sur son cœur; sois heureux! .. Ta mère priera bientôt sur moi.

— Odette! Odette, mon ange! s'écria à son tour Berthold en la serrant dans ses bras; inspire-moi, et je retrouverai mon éloquence, et les Grenoblois m'écouteront encore!... Vous quitterez votre Dauphiné, monseigneur! et moi je garde mon Odette! Jure, ô mon ange! s'écria-t-il en étendant la main vers le crucifix qui décorait la salle; jure de n'avoir pas d'autre époux que moi, de même que je jure de mourir ou de t'avoir pour épouse.

— Toi, ou le cloître, je le jure! s'écria la jeune fille avec une égale exaltation.

— Adieu, ange, adieu! mais non plus pour toujours, lui répondit Berthold en dérobant un baiser sur ses lèvres et en la quittant malgré ses craintives supplications.

Le calme le plus profond régnait encore dans l'enceinte du palais delphinal à l'heure où les seigneurs s'empressaient autrefois d'y venir saluer leur gracieux souverain. Ce n'était pas ingratitude chez tous : plus d'un ne se tenait à l'écart que par discrétion, et se disait à regret, ne voyant arriver aucun message à son adresse : — Il n'a donc plus besoin de moi! — Le protonotaire Amblard de Beaumont avait seul obtenu cette faveur.

Les deux amis avaient passé la nuit à tenir conseil, et quand, au point du jour, ils eurent dépêché messire Guillaume Izoard à Montfleury, ils restèrent long-temps sans se parler, ainsi que deux hommes qui viennent de prendre ensemble une dernière et fatale résolution.

—Ah! notre beau cousin de France, s'était à la fin écrié Humbert, vous pensiez donc qu'il n'était au monde qu'une princesse Jeanne pour vous priver de notre succession!... Il en sera autrement, Dieu merci, et si cela ne vous plaît, les armes en décideront; notre brave noblesse n'a pas encore oublié nos exploits : n'est-il pas vrai, sire comte?

—Je vous réponds de moi, monseigneur.

— Et des autres aussi, sans doute?...

— Aujourd'hui je ne l'oserais.

— Vraiment! tel mauvais esprit a germé dans notre Dauphiné et vous ne nous en disiez rien, sire, comte!

— Que votre seigneurie se rappelle l'ordonnance dont elle a laissé la damoiselle Odette se faire un jouet.

— Il ne s'agissait là que des bourgeois. Est-ce que nous avons à nous inquiéter de nos bourgeois autrement que pour leur accorder des grâces ou en exiger leurs redevances!

— Ces bourgeois que vous dédaignez, monseigneur, nous ont patiemment instruits à estimer ce qui fait leur force et leur valeur ; ils nous ont fait vaniteux et avares. Chaque florin qu'ils apportent maintenant à votre trésor a été d'avance convoité par des hommes dont les rudes ancêtres ne connaissaient d'autre luxe que le nombre de leurs serfs et la solidité de leurs murailles.

— En définitive, comte, le clergé est des nôtres et ses coffres sont pleins.

— Du jour où le clergé croira n'avoir plus rien à attendre de vous, il vous abandonnera.

— Autant vaut-il alors, avait répliqué Humbert, avec un accent ironique, nous soumettre à l'instant même et de bon gré aux décrets de la Providence?

— Non pas. Redevenez le maître de votre succession; épousez madame Alix de Bardonnanche, que Dieu, dans ses secrets desseins, a visiblement protégée contre moi; cette alliance raffermira peut-être la chancelante protection du Saint-Père. Imposez rudement silence aux bourgeois, et, confians en notre bon droit, en nos épées, essayons bravement de reconstruire le passé; si nous succombons, ce sera du moins avec gloire!

— Amen! s'était écrié Humbert en serrant la main de son ami.

— Monseigneur, avait dit alors un sergent d'armes, en soulevant discrètement la portière, voici les principaux bourgeois de votre ville de Grenoble.

— Qu'ils entrent! avait répondu Humbert, et, à l'instant même s'étaient avancés deux par deux les douze notables rassemblés par messire du Mas qui ne parut qu'à leur suite.

— Très haut et très redouté seigneur, dit Nicolas Moréon, qui portait la parole pour tous, vos fidèles bourgeois de cette ville nous envoient vers vous afin de savoir si foi doit être ajoutée au bruit qui se répand touchant votre mariage...

— Avec Madame Alix de Bardonnanche? C'est vrai; nous le voulons ainsi; est-ce que cela regarde nos bourgeois?

— Ils vous supplient bien humblement, très cher et très redouté seigneur, de considérer que cela ne mettra pas un florin dans votre épargne; et que, d'un autre côté, leur bonne dauphine Marie des Baux est décédée en odeur de sainteté, tandis que Mme Alix... Nicolas Moréon s'arrêta, n'osant s'expliquer davantage.

Messire Guillaume du Mas jugea le moment favorable :

— Les Grenoblois, monseigneur, dit-il en s'avançant, vous conjurent de renoncer à une femme condamnée comme sorcière, et de tenir la promesse de mariage que vous avez signée à la pieuse et douce Odette, ma chère fille...

Les douze bourgeois poussèrent en même temps une exclamation d'étonnement. Le digne chancelier, sans s'émouvoir, déroula son précieux titre, et il allait en donner lecture, quand Amblard, indigné d'une telle hardiesse, s'empara du parchemin et dit en le jetant au feu :

— Cela n'est point valable; moi, le protonotaire, je ne l'ai pas signé après monseigneur le dauphin.

Humbert allait parler quand les cris de—Vive France!—Vive Charles! retentirent sous les fenêtres du palais.

— Que signifie cela? dit-il froidement, n'êtes-vous donc, messieurs les bourgeois, que les députés de la révolte?

— Monseigneur, dit courageusement le gantier Jean Siboud, pendant que ses collègues faisaient signe au peuple qui envahissait la cour de se contenir, de se calmer; monseigneur, vos fidèles bourgeois vous ont déjà exposé la vérité, je ne craindrai point de vous la faire encore entendre : le Dauphiné a tant souffert des guerres, de la peste et des impôts qu'il est à bout d'hommes et d'argent. Il vous adjure de le prendre en pitié, de le placer sous la puissance immédiate de la France. Il vous conjure de penser au salut de l'ame de votre seigneurie en acceptant, en échange des franchises qu'il demande, quittance des grosses sommes que vous lui devez, et que vous ne sauriez lui rembourser en une autre monnaie.

— A la bonne heure! s'écria Humbert; et si nous ne consentons à ce marché nos bons et fidèles bourgeois nous déclarent la guerre!... A nous! ajouta-t-il, en frappant sur la poignée de son épée, à nous la guerre! nous l'acceptons, par Notre-Dame!... Or, sachez-le donc : en souvenir de nos noces avec Mme Alix, nous annulons vos priviléges et vos franchises! nous vous tenons, à dater de ce jour, pour serfs taillables et corvéables à merci!

— Prenez-y garde, monseigneur, dit l'impétueux Luc Viallet, on n'annule point ainsi des franchises; vous êtes vassal, vous aussi, et de la France, et de l'Allemagne, nous en appellerons à nos suzerains, à nos juges communs.

— Et je plaiderai! s'écria l'avocat Choppelin.

— Et nous financerons! dirent ensemble tous les autres.

Humbert, pâle de colère, les dévorait du regard et écoutait les cris de plus en plus véhémens qui s'élevaient du dehors. Messire du Mas souriait à ce spectacle désordonné. Amblard de Beaumont conservait seul son sang-froid.

— Silence! cria-t-il; depuis quand le vilain ose-t-il menacer son seigneur?

— Invoquer ses droits, ce n'est point menacer, sire comte, c'est faire acte d'hommes libres et nous le sommes, repartit l'aîné des Aubergeon.

— Monseigneur, dit le vénérable Jacques Dupuy en s'approchant respectueusement d'Humbert, vous ne voulez donc plus être notre dauphin bien-aimé?

— Enfin!..... s'écria celui-ci en voyant ses sergens d'armes entrer, à grands pas, écarter les bourgeois et faire passage au sire Guillaume Izoard trempé de sueur.

— Monseigneur, dit ce dernier, le sire Berthold a emmené ce matin la dame Alix, et depuis hier S. A. le prince Charles de Normandie habite le château de Boquéron.

A peine avait-il prononcé ces mots qu'un nouveau tumulte s'éleva à la porte de la salle, et qu'une vingtaine de seigneurs, armés de toutes pièces, entrèrent soutenant au milieu d'eux le bon clerc couvert de sang.

— Monseigneur, dit le jeune chevalier d'Arce, ordonnez-nous de courre sus au populaire qui s'émancipe par trop audacieusement. Voilà qu'en haine de votre seigneurie il a assailli le sire Berthold... son ancien ami, cependant, acheva-t-il en regardant les bourgeois avec dédain.

— Eh bien! sire Berthold, qu'avez-vous fait de votre mère? nous l'attendons, dit sévèrement le dauphin au bon clerc.

Celui-ci, affaibli par la blessure, peu dangereuse toutefois, qu'il avait reçue, répondit lentement, au chevalier d'Arce, d'abord:

— Bientôt le populaire sera fâché de son erreur de tout-à-l'heure. Puis au dauphin: Ma mère s'est placée sous la protection de son altesse le roi de France; elle se refuse à l'honneur que vous lui voulez faire.

L'étonnement se lut aussitôt sur tous les visages. Messire du Mas triomphait; peu s'en fallut qu'il n'embrassât le bon clerc.

— Nous avons eu tort de ne vous point écouter, sire comte de Beaumont, dit fièrement Humbert; Mme Alix ne méritait pas notre miséricorde. Chevalier d'Arce, le sire de Boscozel est un traître, nous confisquons et nous vous donnons son fief du Boquéron: château, terres et manans, tout est à vous. Messire Guillaume du Mas, faites mander votre fille...

— Monseigneur!... dit à demi-voix Amblard consterné, en montrant les seigneurs qui, interdits, se regardaient entre eux.

— Laissez, laissez, comte, c'est Dieu sans doute qui nous offre le moyen de tenir, sans parjure, l'une de nos trois imprudentes promesses. Sire Izoard, retournez au Boquéron; saluez de notre part notre beau cousin Charles de Normandie; dites-lui que nous le prions d'accepter dès aujourd'hui l'hospitalité dans notre palais et que nous comptons sur sa présence, demain, à notre mariage avec très haute, très noble et très puissante dame, Mme Odette, duchesse de Champsaur.

— Daignez, monseigneur, reprendre les sceaux que vous m'aviez rendus, dit gravement et à haute voix l'inflexible protonotaire.

— Comte! vous n'y pensez pas!...

— La fille de messire du Mas n'est pas faite pour marcher l'égale, encore moins pour être la souveraine des nôtres.

— Sire comte!... interrompit le chancelier blessé dans son orgueil de père et de chancelier.

— Ce débat est inutile, dit paisiblement Berthold, la main de la damoiselle Odette n'est plus libre.

— Qui oserait répéter cette horrible calomnie!.., s'écria le chancelier.

— Moi, messire et Odette elle-même; tenez, la voilà! répliqua le bon clerc en se précipitant au-devant de la jeune fille qui, à la nouvelle de l'attaque dont Berthold avait failli devenir victime, était accourue au palais Delphinal. Odette ! Odette ! n'est-il pas vrai que devant Dieu tu m'as promis ta foi !

—Oui, oui ; oh ! merci, merci, mon Dieu !... Ils ne l'ont pas tué, murmura la jeune fille en tombant évanouie dans ses bras.

— Enfant indigne ! enfant dénaturé ! s'écria le chancelier hors de lui en cherchant à pénétrer jusqu'à Odette qu'entouraient les bourgeois.

Soudain ceux-ci s'écartent avec respect. Un étranger, un moine, encore couvert de son manteau de voyage, paraît sur le seuil de la salle et bénit les assistans.

— Soyez le bien-venu, mon père, dans ce palais que cherche à troubler la révolte, lui dit Humbert en promenant un superbe regard sur les bourgeois, sur les nobles et même sur son fidèle ami le comte de Beaumont.

— Notre très Saint Père, le pape Clément, m'envoie vous apporter la paix à tous, répondit le moine en s'inclinant.

— Messieurs les bourgeois, dit Humbert, retournez vers ceux qui vous ont envoyés et annoncez-leur qu'ils n'ont plus en nous qu'un maître inflexible. Vous, comtes, barons et chevaliers, nous vous convions à faire demain cortége à votre nouvelle souveraine. Restez, comte, dit-il à Amblard de Beaumont qui se retirait avec les autres seigneurs. Sire Berthold, reprit-il en se tournant avec colère vers le bon clerc qui courba la tête et garda le silence, puisque deux actes de notre clémence n'ont pu vous rappeler au devoir, à la soumission que vous nous deviez... peut-être à plus d'un titre... sire Berthold ! complice du traître sire de Boscozel ! allez revoir Guigues notre geôlier.

— Grâce ! grâce pour Berthold ! s'écria Odette en se jetant aux pieds du dauphin pendant qu'on entraînait le bon clerc.

— Ne craignez rien, ma fille, lui dit le moine en la faisant se relever et la remettant aux mains du chancelier étonné, ne craignez rien et rappelez-vous que Dieu vous ordonne l'obéissance et l'abnégation.

— J'aime Berthold !

— Le Saint-Père vous tiendra compte de ce sacrifice, s'il devient nécessaire. Et en prononçant ces mots, le moine donnait de nouveau sa bénédiction à Odette que, sur un signe du dauphin, le chancelier emmenait lentement.

—Eh quoi ! s'écria Humbert quand il fut seul avec le moine et Amblard de Beaumont ; le Saint-Père prétendrait-il aussi m'imposer ses volontés ?

— Non, monseigneur, il vous fait offrir son appui.

XII.

La Charte dauphinoise.

Pierre Rogier, qui, sous le nom de Clément VI, occupait alors le trône pontifical, était, en qualité de Français, attaché aux intérêts de Philippe de Valois, mais, avant tout, il était fidèle gardien des traditions léguées au saint-siége par l'ambitieux Innocent III. On n'a jamais su parfaitement les arrangemens qu'il proposait à Humbert ; on a cependant tout lieu de soupçonner que le petit souverain d'Avignon eut un instant l'espoir de s'agrandir aux dépens du Dauphiné. Quoi qu'il en soit, ses offres et le langage impérieux de son envoyé produisirent une si profonde et si douloureuse impression sur Humbert, que, lorsqu'on vint lui annoncer que Charles de Normandie, se rendant à son invitation, s'avançait déjà dans le faubourg St-Laurent, il laissa le bailli faire les honneurs du palais et courut s'enfermer avec Amblard de Beaumont dans le couvent des Jacobins. — A demain, notre beau cousin, se disait-il; demain, n'en déplaise à Clément, à nos bourgeois et à vous-même, nous mettrons fin à cette lutte et nous ferons à notre bon plaisir!

Le peuple s'était mis en pleine insurrection après la déclaration signifiée à la députation des bourgeois. Il n'avait fallu rien moins que le concours de tous les seigneurs présens à Grenoble pour assurer la victoire aux archers du bailli. Le tumulte avait recommencé au moment de l'entrée du prince Charles. On aurait voulu qu'il prît à l'instant même possession du Dauphiné, qu'il abolît les impôts, payât les dettes d'Humbert et accordât une multitude de franchises : le petit-fils de Philippe de Valois savait déjà son futur métier de roi; il écouta toutes les doléances, et se borna, comme de raison, à recommander l'obéissance et la fidélité. Ces deux échauffourées n'avaient pas laissé que de faire des victimes. Les archers de ce temps, pas plus que ceux du nôtre, n'avaient patience de saints à l'encontre des horions et des injures, et plus d'une fois on s'était servi dans la mêlée d'autre chose que du bois des lances ou du manche des poignards. L'irritation, grande de part et d'autre, dura toute la journée. Un semblant d'ordre ne se rétablit que lorsque, vers le soir, des héraults d'armes eurent publié que le dauphin daignait, en considération du prince Charles, faire grâce aux turbulens de sa bonne ville capitale.

Cette mesure étonna Charles, qui la rapprochant de l'isolement dans lequel s'obstinait à le laisser Humbert, en conclut que celui-ci, décidé à passer outre à son mariage avec Odette, cherchait à s'assurer le cœur de ses sujets. Il se résigna à attendre les événemens, sauf à y parer aussitôt. L'habile prince ne perdait toutefois pas son temps : bienveillant envers les nobles qui auraient voulu pouvoir se multiplier et se montrer en même temps au palais delphinal et au couvent des Jacobins, prodigue de promesses avec les bourgeois, non moins perplexes que les premiers, il savait se montrer instruit des intérêts de chacun et faire croire qu'il en serait et soigneux et jaloux.

Pendant que ces sourdes inquiétudes agitaient les hôtes du palais, le logis de messire du Mas était plein de trouble et de désolation. Les secousses qu'avait reçues Odette avaient épuisé ses forces et son état faisait craindre qu'elle ne pût être conduite le lendemain à l'autel. Le chancelier ne pouvait se figurer qu'il n'y eût ni sortilége, ni maléfice dans le fait d'une jeune fille se refusant à épouser un prince souverain. Cette idée le tourmenta si fort, que vers le matin, il se décida à réclamer l'assistance d'un prêtre pour combattre le sort que Dieu avait sans doute permis à Alix de jeter sur Odette, pour le punir, lui, le vieux serviteur des Bardonnanche, d'avoir recueilli Berthold, d'avoir été, envers une famille proscrite, plus reconnaissant qu'il n'appartenait à un sujet du dauphin.

Il se rendait chez le curé de la paroisse Saint-Jean lorsqu'il rencontra les douze bourgeois que la veille il avait rassemblés et conduits devant le dauphin. Un sergent d'armes les précédait, qui l'arrêta et lui dit :

— Nous allions chez vous, messire, vous requérir immédiatement de la part de monseigneur Humbert.

Le chancelier qui, pour rien au monde, n'eût avoué le motif de sa course matinale, chercha en vain à se défendre d'obéir, mais les bourgeois se joignirent au sergent d'armes pour refuser ses excuses embarrassées, et l'emmenèrent avec eux.

— A la grâce de Dieu! soupira-t-il, sans avoir même le courage de demander à ses compagnons quel motif si pressant le faisait mander au couvent des Jacobins.

L'évêque de Grenoble, l'envoyé de Clément VI et le prieur des Jacobins étaient réunis dans la salle capitulaire.

— Je doute que monseigneur Charles de Normandie ne trouve pas en Dauphiné nombre de gens aussi peu satisfaits que lui du marché que conclut monseigneur Humbert avec ses bourgeois, et surtout du mariage de ce prince avec la damoiselle Odette, disait le prieur.

— Sans doute mon révérend père, répondit le moine en souriant à une arrière-pensée qu'il se garda de trahir, mais la sagesse de Dieu est infinie, et nous devons nous en fier à elle.

— Amen! dit l'évêque, qui paraissait dans la confidence du moine.

L'arrivée des bourgeois et de messire du Mas mit fin à cette discussion. L'évêque, s'adressant au chancelier, étonné de ne point voir Humbert, lui dit en lui remettant un parchemin scellé et en lui montrant un siége resté libre près de la table devant laquelle ils étaient assis :

— Monseigneur le dauphin vous a désigné, messire, pour recevoir, en notre présence, l'adhésion de MM. les députés de la bourgeoisie à l'acte dont le révérend père prieur va donner lecture.

— Noël! Noël! crièrent joyeusement les bourgeois quand ils eurent entendu les conditions toutes pécuniaires auxquelles Humbert consentait à promulguer le statut delphinal, et ils s'empressèrent d'apposer leur seing au bas du contrat que messire du Mas n'eut qu'à revêtir d'une dernière formalité pour le rendre régulier.

— Monseigneur le dauphin peut épouser qui il lui plaira, dit l'un des députés, il trouvera ses fidèles communes prêtes à le soutenir envers et contre tous!

— Merci, maître Repelin, répondit avec émotion le bon chancelier, j'accepte votre parole et je cours en porter la nouvelle à mon heureuse fille!

— La volonté de monseigneur Humbert, s'empressa de dire l'envoyé de Clément VI, est que ce qui vient de se passer reste secret jusqu'au moment où il se réserve de l'annoncer lui-même. Il invite MM. les bourgeois à l'attendre ici pour l'accompagner ensuite à la cathédrale. Quant à vous, messire, il compte sur votre discrétion et vous laisse libre de retourner auprès de votre fille.

Le jour commençait à poindre. Messire du Mas revenait en toute hâte, ne pensant plus à la résistance qu'Odette lui opposait encore quelques heures auparavant

— Par Saint-Georges! s'écria-t-il en apercevant une femme qui sortait furtivement de chez lui, et qui doubla le pas en ramenant son voile sur son visage quand ils se croisèrent au milieu de la rue, encore cette satanée sorcière!... Et il accourut, en tremblant, près de sa fille.

Elle était debout, pâle et défaite, mais elle se prêtait aux soins des femmes qui la paraient.

— Rassurez-vous, mon père, dit-elle en essayant de sourire, je crois que j'obéirai.

Alix, car c'était elle qu'avait rencontrée le chancelier, Alix qui, dès la veille, avait quitté le Boquéron en apprenant la blessure et la nouvelle arrestation de Berthold, avait, durant cette nuit fertile en événemens, remis en usage les expédiens réputés diaboliques qui lui avaient servi autrefois pour approcher du dauphin et se rappeler à son souvenir. Parvenue ainsi à surprendre une partie du secret entretien d'Humbert et du fidèle Amblard de Beaumont, elle était venue encourager Odette, et elle courait à la prison pour tâcher d'arriver à Berthold, à son fils, et de lui donner aussi espérance et courage. Mais Guigues fut inflexible, et son active vigilance ne put être mise en défaut. Les cloches de la cathédrale préludaient déjà à la cérémonie qui allait avoir lieu, que la pauvre Alix était encore à la porte de la prison, demandant à Dieu d'accélérer la fin des souffrances du bon clerc.

Le 22 décembre 1349, jour mémorable dans les annales dauphinoises, tout le luxe épiscopal avait été étalé à l'intérieur de l'eglise cathédrale de Notre-Dame. Deux estrades avaient été disposées aux côtés du chœur; celle de droite, tendue de velours bleu de ciel semé de dauphins d'or, était garnie de deux siéges; celle de gauche n'était destinée qu'à Mgr de Chissé, évêque et prince de Grenoble. Une petite table en or massif et chargé d'un coffret de même métal, était dressée sur une autre estrade, au milieu du chœur, et enfin, deux prie-dieu attendaient au bas des marches du maître-autel.

La nef, réservée aux membres de la noblesse et aux religieux des divers ordres, était encore déserte, mais une foule morne et silencieuse se pressait sous les bas côtés et dans les vastes tribunes.

Le bourdon, lancé à grande volée, annonça enfin l'approche de Mgr Humbert. Le dauphin couvert de sa plus riche armure, et monté sur un cheval caparaçonné de drap d'argent, s'avançait, précédé de ses douze nobles sergens d'armes. Le comte Amblard de Beaumont était auprès de son ami, dont les traits fatigués accusaient les combats intérieurs qu'il avait soutenus. Immédiatement devant eux marchaient Guigues de Rencurel, portant l'étendard du Dauphiné, Jean de Séchilinc le casque de bataille, et Aymard de Clermont l'épée delphinale qu'il tenait par le milieu de la lame , attendu que la poignée, formée d'un morceau de bois de la vraie croix, ne pouvait être touchée que par le souverain du Dauphiné. Le silence gardé par le peuple accouru sur son passage ajoutait au sentiment pénible qu'avait fait éprouver à Humbert le petit nombre de seigneurs qui s'étaient rendus à son cortège. Il eut plus d'une fois besoin, pour retremper son courage, de regarder l'impassible moine qui cheminait à sa gauche, assis sur une pacifique mule conduite par un valet de pied. Les douze bourgeois fermaient cette marche dont l'aspect avait quelque chose de funèbre.

L'évêque avec son nombreux clergé vint recevoir le dauphin, le conduisit au trône qui lui était destiné, et retourna attendre à la porte de l'église le prince Charles de Normandie. Quand celui-ci arriva, Humbert se leva vivement.

— Allons donc faire honneur à notre beau cousin de France! dit-il en se passant la main sur le front comme pour en écarter le nuage qui le chargeait.

— Je remercie Dieu, et vous aussi, mon beau cousin, lui dit Charles en l'embrassant, de m'avoir fourni, quoique un peu tard, l'occasion de vous exprimer de vive voix combien je suis à vous en toute chose.

Humbert ne répondit point.

Les deux princes remontèrent vers le chœur au milieu des acclamations qui retentirent alors en confondant leurs noms, et la messe commença.

On n'entendait que la lourde psalmodie des chantres; et si parfois s'élevait un léger bruit de voix, on aurait presque pu distinguer qu'on se demandait :

—La damoiselle Odette est-elle arrivée? Apercevez-vous Berthold?

Berthold, tiré de sa prison par le bailli du Graisivaudan, entrait en ce moment dans l'église, et était conduit au bas du chœur en face du groupe formé par les douze bourgeois.

L'évangile achevé, le dauphin se pencha vers le comte de Beaumont, et lui dit :

—Voici l'instant du sacrifice.

Puis, descendant au milieu du chœur, où ses sergens d'armes transportèrent son siége auprès de la table d'or, il s'assit, se couvrit, tendit la main à Berthold, qui, confondu, se jeta à ses pieds.

— Mon fils, je te pardonne, lui dit-il avec bonté ; et il reprit d'une voix fortement accentuée : Nobles, bourgeois et bonnes gens de notre Dauphiné, écoutez ! voici notre volonté souveraine !

Charles inquiet, et ne pouvant s'expliquer à quelle étrange fête on l'avait convié, cherchait, mais en vain, à lire le mot de cette énigme sur le visage de l'évêque. Soudain éclatèrent des cris de joie : le bon clerc venait d'extraire du coffret placé sur la table un rouleau de parchemin dont il commençait la lecture. Charles tressaillit en reconnaissant le statut delphinal. Tous ses doutes étaient levés ; Humbert était décidé à braver la France.

Il serait impossible de rendre l'enthousiasme qui accueillait chacun des articles que l'appareil et l'inattendu de cette promulgation faisait paraître nouveau à ceux même qui les avaient d'avance discutés.

Quand Berthold eut fini, Humbert se leva et posant la main droite sur le livre des Evangiles, il dit lentement :

— Nous jurons, pour nous et pour nos successeurs de garder intacte et à tout jamais la présente charte octroyée à nos sujets du Dauphiné.

Des acclamations frénétiques répondirent à ces paroles pendant lesquelles Berthold s'était retiré à l'écart. Cette solennité ne lui promettait plus, en effet, qu'un douloureux spectacle.

— Très cher cousin, dit Humbert en s'avançant vers Charles, nous espérons que vous voudrez bien vous acquitter de votre office de témoin au mariage que nous avons également arrêté.

— Nous pensons que ce ne sera plus nous qu'on accusera maintenant de trop habile politique ? répondit en souriant Charles piqué.

— C'est trop de modestie, très cher cousin, répliqua Humbert en le guidant vers la sacristie.

Messire Guillaume du Mas se montra le premier. Il serait superflu de raconter le luxe de vêtemens et de valets que le futur beau-père du dauphin avait déployé à cette occasion. L'orgueil perçait dans ses moindres mouvemens ; on voyait que le bon chancelier ne courbait le front que de peur de se heurter aux voûtes du sanctuaire. Il se troubla cependant lorsqu'il se retourna pour saluer l'autel : il avait rencontré le regard de Berthold qui se tenait caché derrière le comte de Beaumont, non moins soucieux que lui de ce qui allait arriver.

Pendant ce temps, une blanche jeune fille s'avançait, chancelante, soutenue par Charles de Normandie et par Humbert. Alix lui avait parlé de Berthold, et Berthold n'était point là ; elle croyait à un piége, et, résignée, elle recommandait à Dieu son ame prête à la quitter : telle s'incline vers la tombe la vierge qui, de crainte d'affliger sa mère, dit tout bas adieu à son premier amour, au beau soleil qui s'était levé radieux pour elle ! Prêtres, nobles, bourgeois et peuple, chacun s'oubliait, il n'y avait plus au pied de l'autel ni dauphin, ni prince français, ni vanité, ni politique, et chacun attendri retenait sa respiration afin de ne pas faire s'évanouir cette mélancolique apparition.

L'évêque attendait : Humbert se tourne spontanément vers Amblard de Beaumont, lui prend la main, la serre, lui dit tout bas :

— Ami, je vous obéis ! et attirant Berthold ébloui ; messire, dit-il à l'évêque, unissez le sire Berthold, notre fils bien-aimé et la damoiselle Odette, duchesse de Champsaur !

A peine ces mots avaient-ils été prononcés que des acclamations unanimes éclatèrent de toutes parts. Jamais Humbert, aux plus beaux jours de sa puissance et de sa gloire, n'avait reçu de tels hommages. Une seule voix protesta.

— Par Saint-Georges! monseigneur, ce n'est point là ce que vous aviez promis à ma fille, criait le vieux chancelier en se plaçant entre sa fille et Berthold, tous les deux ivres de trop de joie pour rien voir et pour rien entendre.

— Nous avions promis de ne point conduire à l'autel une autre épouse que la damoiselle Odette, nous tiendrons notre serment, répondit Humbert, et faisant signe qu'il ne voulait pas être suivi, il rentra dans la sacristie.

La bénédiction nuptiale avait été donnée au bon clerc et à son Odette; le service divin était terminé; le chancelier, parvenu à s'échapper de l'église, maudissait, seul et caché dans son logis, et les nobles et les bourgeois, et Charles de Normandie et l'évêque, et Berthold et Odette, et l'univers entier qui ne s'étaient pas soulevés contre le parjure du dauphin.

Deux moines paraissent, s'agenouillent devant l'autel et se prosternent. L'un d'eux se relève, s'approche de la table d'or, prend le sceau delphinal, l'appose au bas d'un parchemin et dit :

— Nous, Humbert, dauphin de Viennois, prince souverain, nous acceptons, en ce qui nous concerne personnellement, les offres et propositions de son altesse Philippe, roi de France, notre cousin, pour la cession de notre Dauphiné. Prince Charles, reprit-il après une courte pause rendue nécessaire par l'émotion qui faisait trembler sa voix, prince Charles, vous jurez de garder, maintenir et conserver tous les priviléges et franchises, lois et coutumes octroyés, consentis ou reconnus que vous trouverez établis dans notre Dauphiné?

— Au nom de son altesse le roi de France, mon aïeul, et au mien, je le jure, répondit Charles en étendant la main vers l'autel.

Humbert s'approche alors du jeune couple, un instant oublié, remet à Odette l'acte d'abdication, et lui fait signe de le présenter à Charles. A ce mouvement, un frémissement parcourt l'assemblée, et le cri de : Vive Humbert! retentit poussé comme par un seul homme. Charles lui-même crut voir, non point Odette, non point Berthold, mais la province de Dauphiné qui, sous les traits de cette jeune femme conduite par son époux, venait, confiante en sa force et en son intelligence et fière encore quoique souffrante, se donner un protecteur, mais non point se livrer à un maître.

— Monseigneur, dit le comte de Beaumont en arrêtant le prince, une nouvelle clause a été ajoutée à celles portées d'abord dans cet acte : le Dauphiné est un état souverain et indépendant, tel il doit rester : ainsi le veulent et l'entendent le clergé, la noblesse et les bourgeois? je pense?.. Il s'arrêta sur ces derniers mots que couvrirent les applaudissemens. En conséquence, reprit-il, il a été stipulé dans cet acte, par monseigneur Humbert, que le Dauphiné ne pourra jamais être réuni au royaume de France que de la même manière que l'empire d'Allemagne pourrait lui-même y être réuni : Acceptez-vous ?

Charles n'hésita pas un instant; mais, se rassurant bientôt sur la valeur de cette clause singulière, il répondit avec adresse :

— Son altesse Philippe accepte cette condition et telles autres qui pourraient servir au bien et au contentement de la brave nation dauphinoise.

— Et mon père! et mes frères! messeigneurs, personne ne pense donc à eux! s'écria Alix en se faisant jour au travers de la foule qui encombrait la nef, et en venant tomber à genoux devant la table d'or.

— Me voilà exilé comme eux, dit tristement Humbert en s'inclinant devant la mère de Berthold; Monsieur le dauphin Charles, je vous prie humblement de réparer mon injustice... Et maintenant reprit-il d'une voix brisée et en s'appuyant d'une main sur le comte de

Beaumont et de l'autre sur le bras de Berthold, et maintenant il ne me reste plus qu'à souhaiter gloire et bonheur à notre beau pays! Bonnes gens, priez pour moi!

Si l'on compare le testament écrit par Humbert à Rhodes, le 29 janvier 1347, avec celui qu'il dicta, à Clermont-Ferrand, le 25 mai 1355, peu de jours avant sa mort, on aura la plus sûre explication de sa conduite au 22 décembre 1349. Dans ce dernier acte, les bonnes dispositions manifestées d'abord par ce prince en faveur de la noblesse et du clergé dauphinois paraissent complètement changées.

Au surplus, le dauphin Charles tint scrupuleusement ses promesses envers tous; mais le bon messire du Mas ne pardonna jamais complètement le manque de foi dont il se prétendait victime.

Paris.—BOULE et Cie, imprimeurs, rue Coq-Héron, 3.

LES MILLE ET UN

ROMANS, NOUVELLES ET FEUILLETONS.

—

LES MILLE ET UN formeront une collection des Romans, Nouvelles et Feuilletons tant anciens que modernes, édités et inédits, tous signés par les écrivains les plus distingués.

Jusqu'ici les romans ont été publiés en deux volumes in-8° de 20 à 25 feuilles, imprimé en gros caractères et ne contenant que quelques lignes à la page. Le prix de chaque Roman ainsi édité est de QUINZE FRANCS.

Nous avons adopté pour notre nouvelle publication un nouveau format qui présente de grands avantages.

Trois ou quatre feuilles contiennent la matière d'un nouveau volume in-8° de l'ancien format.

Le prix de chaque ouvrage est fixé, suivant le nombre de feuilles; le prix de chaque livraison, ou feuille, est fixé à **VINGT-CINQ CENTIMES**, FRANC DE PORT POUR TOUTE LA FRANCE.

Ainsi chaque Roman qui, dans le format ordinaire donne un volume in-8° et coûte 7 fr. 50 c., ne coûte dans notre nouveau format, s'il est composé de trois feuilles, que 75 c.

Les Romans en deux volumes du format in-8° ordinaire, ne coûtent dans le nôtre que 1 fr. 50 c., au lieu de 15 fr.

C'est-à-dire dix fois meilleur marché que par le passé.

Dans l'ancien format, 25 romans (50 volumes à 7 fr. 50 c.) coûtent 375 francs et suffisent pour encombrer une bibliothèque.

Avec la même somme on pourra avoir dans notre nouveau format, **DEUX CENT CINQUANTE OUVRAGES**, qui ne coûteront pas plus cher et ne tiendront pas plus de place que cinquante volumes.

Nos calculs sont faits et nos mesures sont prises pour pouvoir publier, dans ce nouveau format, les œuvres des auteurs les plus estimés, français et étrangers.

—

OUVRAGES COMPLETS EN VENTE.

LA FAMILLE DE TAVORA, par Mme Clémence Robert. — Prix. 1 15

HISTOIRE D'UN ANNEAU ENCHANTÉ, Par M. Dondey de Santeny. — Prix. . . . . » 75

FLEUR DES FÈVES, *ou Une intelligence à deux*, Nouvelle par M. Wilhelm Tenint. — Prix. . . . . 1 »»

LA MAIN DE LA MADONE, Chronique Vénitienne. — 1700. — Par Stéphen de la Madelaine. — Prix. . . . . » 40

BERTHOLD LE BON CLERC, traditions Dauphinoises, Première époque, XIVe siècle, par M. Jules La Beaume. — Prix. 1 fr. »»

Pour paraître prochainement :

LE COMTE DE LESDIGUIÈRES, Traditions Dauphinoises, deuxième époque,
L'ASSEMBLÉE DE VIZILLE, Traditions Dauphinoises, troisième époque,

PAR M. JULES LA BEAUME.

—

Chacun de ces ouvrages se vend séparément et est expédié franc de port.

Paris. — Boulé et Cᵉ, éditeurs, rue Coq-Héron, 3.

BIBLIOTHEQUE ROYALE

www.ingramcontent.com/pod-product-compliance
Ingram Content Group UK Ltd.
Pitfield, Milton Keynes, MK11 3LW, UK
UKHW020420230726
13925UKWH00004B/1543

9 782019 277987